El tiempo pasa...

Carlos José Carrero

PUBLICACIONES

DESDE EL

PONIENTE

Carlos J. Carrero
El tiempo pasa...
2024

Diseño, diagramación, y arte de la portada por Carlos J. Carrero Morales
Publicaciones Desde el Poniente, 2024. Rincón, Puerto Rico

Introducción

Viene a mi memoria la realidad de que un día fui joven. Años en que se tenía la seguridad del mañana. Para ese entonces, nadie me dijo que el tiempo habría de pasar y, sí me lo dijeron, no hicieron énfasis en su velocidad constante. Recuerdo que, ya en la pubertad, la belleza empezaba a dejar sentir el efecto de su presencia en mis gustos. Pero, no trajo consigo la habilidad y soltura para vencer la timidez de esos años y el miedo a cortejan a la joven que hacía latir mi corazón fuera de ritmo y compas. Aquella timidez de entonces fue acentuada con la ausencia de palabras.

Fue entonces que descubrí un talento desconocido: bajo el amparo de soledad podía cuadrar versos. Lo que no tenía valor para decirlo con palabras y, de frente, lo podía comunicar con la palabra rimada. Mi padre, tal vez, inconscientemente descubrió el mal que padecía, y siendo él un poeta y declamador nato, hizo todo lo posible por "heredarme" de sus talentos. Fue así como aprendí a amar la poesía, especialmente la de corte romántico.

A medida que crecía en años, y surgían nuevos intereses femeninos, aumentaba el caudal de mi poesía, para muchos, desconocida. Todos mis trabajos los organizaba en orden cronológico, por fechas, lo que los constituía en "el diario de mi vida". También, despertó en mí, para esos años, el apetito por la lectura, especialmente de otros poetas.

Hoy, después de haber publicado cinco poemarios, antes del que ahora tienes en tus manos, aquella timidez de ayer fue disminuyendo a medida que el tiempo ha seguido su curso. Ahora, después de haber crecido hasta el crepúsculo de mi existencia, sé que, *"El tiempo pasa"*, pero las musas quedan.

Contenido Pág.

Introducción

Buscándote

Buscándote en las tinieblas de tu abadía,
pretendo acabar esta inconclusa pesadilla
de mitigar mí sed en tu brocal, y me moría.
Todavía no puedo alcanzar tu buhardilla.

Saciar mi sed en la fuente cristalina de tu amor
es el anhelo que día a día alimenta mis sueños.
Despierto a la realidad de no saberme tu señor,
mientras divagas en las noches de mis ensueños.

Cual enajenado filibustero en mi solitario mar,
y sin un puerto seguro dónde mi barca atracar,
languidece el norte en mi constante naufragar.
Amanece otra aurora sin que te haya logrado amar.

Una gélida sensación discurre por mis entrañas
al descubrir que la mitad de mi vida sigue vacía,
conforme avanza el cálido ambiente de mis mañanas
y la imagen de mis sueños continua yerta y sin vida.

Has llegado a ser tan real en mis noches de soledad,
que el calor de tu cuerpo junto al mío me hace vibrar.
¿Por qué no hacerme feliz con tu presencia en realidad?
Dime, ¿dónde te ocultas, tras las tinieblas pasar?

Kissimmee, Florida
20 de abril de 1995

1

Suerte torcida

Corre el tiempo y la luz de mis ojos
no llega hasta el aposento de mi alma,
quiero serenarme y no perder la calma
y empiezan a aparecer los despojos.

Preguntarme por qué, sería inútil hazaña,
te has desvanecido del aura de mis días.
Y hoy tus recuerdos son sólo melancolías
que llenan de bruma los entornos de cabaña.

Por tu ausencia, hoy mi corazón se ensaña
en querer vivir un imposible que no es
la realidad que soñaba con que tú le des
y siento que otra vez, la suerte me engaña.

¿Será negativa mi alegría esta mañana?
¿Volverá a florecer el jardín en primavera?
Hay si la luz de mis ojos aquí estuviera
se oiría un alegre repicar de campana.

Y al desfilar por el atrio principal,
verla venir llenas de ensueños y quimeras,
caería de bruces cuando me dijeras
que serás la dueña de todo mi caudal.

Ay doncella mía, razón de mis desvelos,
canta mi corazón con inmensa alegría
y al rendirme ante ti, con gusto daría
todos los astros que pululan los cielos.

Poinciana, Florida
28 de mayo de 2008

Acompáñame

¿Cómo llegar a conocer la interioridad de tú alma?
si no soy parte integrante de ese viaje sublime,
no podré entender tú corazón, para que me reanime
y al unísono oír trinar al sinsonte al tope de una palma.

Yo, alcanzar quisiera la profundidad de tú existencia,
como peregrino que explora los contornos de la vida.
Sintiendo que desde allí se hereda una nueva partida,
que dará soporte y solidez a nuestra consciencia.

Llegar a escudriñar, en la intimidad, los catalíticos,
que mueven el sentir que nace en tu corazón
y así libar de ti, la esencia vital, sin ningún temor.

Sin asumir conciencia de aspectos o campos analíticos,
labrar para mi intelecto, de tú existencia, la razón.
Agradeciendo al Cielo tú presencia, con este clamor.

Poinciana, Florida
18 de septiembre de 2013

Sortilegio

Nació en mi alma una nueva esperanza,
mientras rumbo a ti, navegaba mi velero.
Hasta tu puerto llegará mi amor sincero
y mi dolor lo llevará una paloma blanca.

Ella te contara suavemente mis amores
y con la simpleza de esa mirada clara,
sabrás entonces que el destino no depara,
tú presencia en mí, con nuevos fulgores.

Sabía que tú eras, presentía tu existir.
Por eso esperaba con tesón y denuedo
ver tu aurora encenderse en mi ruedo
y sentir que esa llama purifica mi sufrir.

Ahora que mi mente solamente se ocupa
con esa tierna imagen, que todo traduce.
Como, mi pensamiento a ti me conduce,
llegaré hasta ti, porqué tu amor me aúpa.

Ya quedó en mí, la huella de tus besos,
como un sencillo tributo a mis anhelos.
Ahora sé, que no morirán mis desvelos
en nuestra imaginación, solos y presos.

Hay algo de ti, que llevo en mí adentro
después de libar la miel de tus embelesos.
Consciente de que allí murieron tus deseos,
vibrando y apasionado en ti me encuentro.

Serás siempre para mí, así lo sentí
al darme el calor sanador de tu mirada.
Quedó mi alma por siempre hechizada
con ese sortilegio, que recibió de ti.

Kissimmee, Florida
12 de noviembre de 1998

Abrojos

Son tantos los tropiezos y penurias en mi existencia,
que he querido desterrar de mis presentimientos,
en la etapa crepuscular de mi vida, la presencia
del amor, que es sabia y razón de mis sentimientos.

Porque ya las lágrimas no manan de mis ojos
y las noveles penas no abundan más a mis cuitas.
Soy como un mendigo postrado ante ti, de hinojos.
Un ciego más, justo al dintel de tu mezquita.

Hoy, te veo pasar frente a mí, muy erguida y ufana,
sin regalarme, como limosna una de tus miradas.
Vas radiante, con tu esplendor y belleza humana.
Yo sigo aquí, gastándome, lentamente, en la calzada.

Está mustio mi jardín, sin el aroma de las flores.
Sólo quedan espigas y abrojos en el campo de mi viña.
Ya no hay botones ni capullos, de múltiples colores
que le den buen sentido y propósito a mi campiña.

Gracias a ti, siento vibrar profundo, en mis entrañas
una semilla que desea gestarse de nuevo en la vida.
Con una fuerte sensación de fe, y tú te ensañas
en que ese sincero amor sea el bálsamo a está herida.

Si mí destino es la fusión de tortuosos senderos
y estuviste destinada a oír de mí, un te quiero,
percibo la tenacidad de algunos nuevos aperos,
que, con manos de seda, quieren fundir el fierro.

Pero, ya la vieja fragua está desoldada y desierta,
aunque por la espera, siempre fue abierta la puerta.
Con el paso de los años la esperanza es letra muerta.
Tarde para reconocer que tú alma sigue hambrienta.

Kissimmee, Florida
26 de marzo de 1995

El destino

Con su rumbo al occidente,
sigue el curso a dónde anida,
sin saber si tú vida se anima,
continuó buscando tú cimiente.

Porqué tú verdad no miente
desde aquella vez primera,
cuando tú silueta se viera
reflejándose en la fuente.

En la intimidad de mi mente
se va afianzando tu figura,
como tenue luz que fulgura
cuando cae el sol al poniente.

Moraste en mí, de repente,
inquietando mi existencia
y trastornando mi paciencia
por la ansiedad de tenerte.

Si resultaran consecuente,
tu sentir y tus acciones,
tendremos dos corazones
que se gocen mutuamente.

Y la brisa, que suavemente,
nos trulla en su sinfonía,
con los albores del nuevo día,
le canta a mi mala suerte.

Ahora, y sin poder tenerte
me resigno a mi fortuna,
viendo que la densa bruma
te ha disipado lentamente.

El fluir de la corriente
nos llevará a otro puerto
y allí ahogaré el tormento
con lágrimas, sobre el puente.

Kissimmee, Florida
12 de abril de 1998

Por envidia y ambición

Cuando piden, no le dan
porqué piden con malicia,
están llenos de codicia,
y no aprecian bien el pan.
Por dónde quiera que van
se las dan de señorones,
vistiéndose de colores
para llamar la atención.
Es falsa su pretensión
pues carecen de valores.

Reclaman la educación
que niegan al semejante,
y por doquiera, parlantes,
buscando la adulación,
se olvidan de la oración.
Con la conciencia torcida,
van sin rumbo por la vida
que los lleva al pecado;
siendo injusto lo ganado,
el alma estará perdida.

Se firme con tu oración,
al igual que al proceder;
que el Padre lo suele ver
todo desde su Mansión.
No busques entonación
ni reconocimientos vanos,
los dones de los desganos
se esfuman en las cenizas.
Allí, se ahogarán las risas
de cadáveres inhumanos.

Por eso, cuándo tu pidas
hazlo sin mediar vanidad,
Él te dará gracia y bondad
de acuerdo a sus medidas.
Al humilde no maldigas
ni le niegues tu consuelo,
porqué de ese mismo suelo
brotó, con soplo de vida.
Cuando el Creador diga,
ahí, terminará tu vuelo.

Kissimmee, Florida
23 de septiembre de 2000

Añoranzas

Soñé, muy de niño, con llegar a tus plantas
y he recorrido mi vida en pos de tu senda,
esa me llevara a que el mundo comprenda
que eres tú la que mis añoranzas levantas.

Con la llegada de la tarde a mi existencia,
y ahora que eres el faro que guía mi velero,
lleno de perseverancia y amor, por ti, espero
que sea para mí, el arrullo de tu fragancia.

Te di mi vida en la simpleza de un te quiero
y me embriagué con la dulzura de tus besos.
Acunando mis esperanzas por ti espero,
para darle vida y amparo a nuestros embelesos.

Si tú me faltaras algún día, morir prefiero
a enfrentarme al final sin ese sentimiento.
La pureza de mi amor aquí te entrego,
porqué es el motivo y razón de mi aliento.

Kissimmee, Florida
25 de diciembre de 1998

Aura Temprana

Si el destino nos detiene ante una encrucijada,
¿será justo cambiar el rumbo y olvidar tu llamada?
Sé que tú, muy ansiosa, esperas mi llegada
y por esa razón no me detendré en la calzada.

Imagino perlas cayendo desde tus pupilas,
enmarcadas por la tristeza y la ansiedad.
Llorarán mis ojos, esperanzados en tu piedad
y desde ya mi sendero no siente que vacilas.

Y esas lágrimas, que derriten mi corazón,
darán al traste con mis penas y angustias
porque de mi derrotero, tú eres la razón.

Como deidad, que mi dolor calma y sana,
asiento mi fortuna en la solidez de tus días,
llegando a mi vida con el aura temprana.

Orlando, Florida
8 de abril de 2014

Ángel de luz

Ángel de luz, que invades mis sueños,
busco la forma de retenerte y no puedo.
Intento leer de tu presencia el mensaje,
Pero está escrito en extraño lenguaje.

Es tu celestial figura el único consuelo
a la melancolía que en el alma siento,
sabiéndome transportado a otro suelo
por la dicha, que al soñarte experimento.

Mi vida entrego a los brazos de Morfeo
abriendo la puerta que conduce a tu reino
y mi imaginación fluye a un nuevo universo,
en que sin que tú lo sepas, soy tu dueño.

Por qué sueño para vivir la realidad,
aun cuando sé que es inútil mi soñar,
que nunca viviré junto a ti la felicidad,
siendo otro por quién suspiras al amar.

Como alguien inasequible te contemplo,
sin traspasar el dintel de tu aposento.
Tú de Venus, eres la reina en mi silencio,
yo de tu corte, el más humilde plebeyo.

Soñar, cuesta nada y soñando no te ofendo.
constantemente invade tu imagen mi morada,
es así como en mi mente eternamente te tengo
y eres tú la compañera que mi alma idolatra.

Perdóname mujer, por mi osadía y vanidad.
Pretender escalar la atalaya en tu reino,
sin reconocer el nivel de mi humildad;
yo, de todos, el último de tus labriegos.

Kissimmee, Florida
26 de abril de 1995

Búsqueda

Te busco en mi futuro, con sigilo y prudencia,
en las tristes noches de esta mísera existencia.
Sumido en la soledad, que mina mi paciencia,
pero no empecé, continuo mi afán con insistencia.

Porque sé bien, que este derrotero a ti me lleva,
por el sendero incierto, que aun con penar, conlleva
un sentir cierto, aquí en mi alma, y nada lo releva
de esta humilde plegaria al cielo, que se eleva.

Pido al Padre que ilumine mi conciencia y razón;
sé, traerás paz y calma a mi atribulado corazón.
Y porqué mi fe es el sustento para esta ilusión,
ruégale al Divino Ser que me otorgue su perdón.

Si faltase a los designios de Dios, por envidia,
y en adelante persisto en esta lastimosa insidia,
espero que tu llegada hasta mí no sea tardía
y puedas perdonarme este desvelo y osadía.

Kissimmee, Florida
13 de mayo de 1995

Centro insostenible

El sendero que persigo lo mantengo
en la realidad central de mi ceguera.
Abrir mis ojos en un momento pudiera,
al marcar el centro sé que no voy ni vengo.

La pureza en la verdad resulta intangible,
y el prismático refleja sombras diversas.
El deslinde da pie a ideas con certeza y reservas,
cuando el centro sea convergencia, será plausible.

Si la musa no amamanta los pensamientos nacidos,
serán raquíticos y endebles, sujetos a ambivalencias.
Sumidos y apegados a las falsas complacencias,
sin valor ni firmeza para saltar de sus nidos.

Ante la contundencia de las fuerzas opresoras,
ser centrista a ninguna meta solida conduce
y al respetar lo incierto, que aquí transluce,
se yergue la carencia de las manos bienhechoras.

Poinciana, Florida
11 de mayo de 2017

Claro manantial
(Acróstico B)

Brota del claro manantial de tu boca
el motivo real que mi alma apasiona;
la esencia virginal que me provoca
a fundir mi humanidad en tu persona.

Entrar en tu morada de forma sigilosa,
beber la vida en el cántaro de tus labios,
sintiéndote mía, y así soñarte mi esposa.
Desde mi pasado, vivo esos presagios.

Tienes el porte señorial de una princesa
y la reina en mi corazón siempre has sido.
Cautela en mi proceder la razón me aconseja.
Con el paso del tiempo tú serás mi destino.

Te he soñado desde que eras la doncella,
niña inocente, en las montañas de mi tierra.
Allá, en la floresta, tú, de todas, la más bella,
escondida de mis ojos, para que no te viera.

Ya no hay en mi cierto futuro más congojas,
sé del sentimiento que tu pecho atesora.
Del almanaque continuaran cayendo las hojas.
De ese simple te quiero, una fe nueva, aflora.

Kissimmee, Florida
10 de julio de 1995

Congoja

Mientras en el control de Morfeo,
vi discurrir la vida en un segundo
sintiendo, lentamente, que me alejo
y la felicidad es evasiva a mi mundo.

Podría doblar delante ti mis rodillas,
arrancar mi corazón como una ofrenda,
ver como se derrumba el pedestal de arcilla
porqué te niegas a recibir mi prebenda.

Allá, en lo más distante de mis azares
se crispa la fatalidad sobre mis ensueños
y cobra vida la realidad de mis pesares
cuando dejan de ser reales y halagüeños.

Pierden sentido las notas ancestrales
y es tan difusa la fuerza de mi verbo.
ya no trae alegría el cantar de turpiales
y dejas de ser realidad en mi acervo.

Mueren los sueños que llenaron mis venas,
ya no vibra el dulce eco de aquel llamado.
Descansaré mi frente en vertientes ajenas
y será otro, el que camine a tu lado.

Poinciana, Florida
27 de septiembre de 2013

¿Cómo no decir que te quiero?

A ti, que has llenado mi vida
con una nueva y sutil esperanza.
Tú, has salvado una nave a la deriva
muriendo así mi triste lontananza.

Ahora, y con esta experiencia
que el nuevo hoy nos llama a vivir,
y como un misterio para la ciencia,
siento mi corazón renovando su latir.

Quién sabe ya no tengas que partir
con el alba de mi nueva aurora.
Quédate a pregonar nuestro sentir
con el comienzo de la primera hora.

Contemplo tus huellas en mi estancia,
la siento vibrar con nuevo brío y color.
Matiz, que solo se vive en tu fragancia,
mostrándote como la más rica flor.

Sin embargo, tu amor no lo dejas salir;
que cante y llore, con la misma alegría.
Entonces empezaremos a revivir
los sueños que mueren esta melancolía.

Oh, brillante Luz, que irradias destellos,
rayos de esperanza, fresco como el alba,
mensajes incomprensibles para aquellos
que tienen sin vida y sin aliento, el alma.

¿Cómo no decirte cuanto te quiero?
Pregonando mi sentimiento al tiempo
que veo florecer el oasis de mi destierro
con sus palmeras, mecidas por el viento.

Eres el hoy, en el ayer de mi mañana,
y se detiene el correr de mi destino
por el destello celeste en la sabana.
Así empezamos a forjar nuevo camino.

Poinciana, Florida
26 de abril de 2008

Conocimiento

Llegué hasta el pie de la encrucijada,
atisbé el horizonte en busca del sendero
queriendo escalar lo que vio mi mirada.
Solidos macizos, duros como el fierro.

Picachos encendidos vi desde el suelo.
Frutas gemelas, de un dulce brebaje,
y quise saciar mi sed de un solo vuelo,
para llegar allí, necesitaré andamiaje.

Alpinista y filibustero, fui en mí ayer.
Con cada roca, mi piel quedó rasgada.
Hay cicatrices que no se pueden ver,
así vereda hice, subiendo la escalpada.

Hoy muerta en los años, mi juventud,
me deleito en la pujanza de esas montañas
y arrastro mis canas en pos de esa virtud
aunque deje de ser, con astucia y mañas.

Entonces, cumplida esta noble tarea
quebraré mi estandarte sobre esas colinas,
por si hay alguien osado, que llegue y vea
que la fuente da vida al que va sin pamplinas.

Ya para entonces sabré todos tus secretos.
habiendo visto que, en ti, está todo lo bello,
le haré justicia fiel a todos tus decretos
mientras seco mi frente con tu cabello.

Poinciana, Florida
5 de octubre de 2013

El descanso de la bruma

Como se esfuma la bruma,
se apagan los sentimientos
aunque aumenten los tormentos
y nuestro corazón no se abruma.

El recuerdo de esa luna,
que brillará más, de repente,
nos deja patidifuso y silente,
como un infante en la cuna.

Entonces, correr pretendemos
a los brazos de la amada
y los suspiros van en escapada,
mientras el aliento perdemos.

Mujer, tú que has sido la razón,
de este canto lastimero,
¿cómo sabrás que prefiero
vivir a solas esta canción?

Porqué iluminas mi sendero
desde tu atalaya distante,
serás siempre el estandarte
del que emana un "te quiero".

Y aunque pesen los milenios,
que hoy nos taca arrastrar,
nadie nos podrá señalar
quién mueve nuestros ingenios.

Orlando, Florida
10 de mayo de 2008

Decreto

¿Cómo pudiera llegar a decirte
de tu presencia en mi vida,
si a otro estás comprometida
y tu amor para mí, no existe?

Por eso el inconsciente desprecio
está llenando mis noches y días.
Pero sigo entonando las melodías
que vieron su luz por tu aprecio.

Aventurero, busco y no encuentro
a la doncella de mis ensueños
y el cruel silencio, mata adentro
el motivo y razón de mis desvelos.

Sintiendo fallecer mis anhelos,
porqué junto a mí nunca estarás.
De todo, sólo quedan los recelos,
mientras pienso que a otro besarás.

Del rosado de tus labios nunca tuve
el roció matutino, que a otro embriaga.
Es mayor la envidia, y me consume
el deseo de vivir, que no se apaga.

Cuando llegue el postrer momento
que marque la parca en la hora final,
solo, y en mí, enteraré el sentimiento
como aquel sepulturero, fiel y leal.

Nadie jamás sabrá por quién canté
en aquellas noches llenas de hastío
ni el por qué estos versos los rimé,
cuando castigaba la soledad y el frio.

Entonces, serás erguida sobre mi tumba,
sin tener consciencia de este secreto.
Yo voy destinado a la catacumba
y tú seguirás dando un nuevo decreto.

Kissimmee, Florida
28 de septiembre de 1998

El brillo de tus ojos

Saber que estás ahí, llenando mi estancia,
les da brillo y lustre a mis cansados ojos,
y aunque parezca todo en mí, sólo despojos
haces renacer de mí, una especial fragancia.

Si morir el ayer, pudiera, acabarían mis añoranzas
para que en mí corazón solamente tú estuvieras
como el único motivo y razón de mis quimeras,
porqué tú naces en mí aurora nuevas esperanzas.

Sólo teniendo el aroma de tu cuerpo junto a mí,
en las noches locas de mis desvaríos, trae calma
y refresca tu oleaje las áridas riberas de mi alma,
sintiendo mi corazón que por siempre fue de ti.

Triste y confundido, por qué no sé si mis desvelos
son sueños realizables, pido al Señor de los poderes
que cuando renueve el caudal de mis haberes,
corone con tu presencia en mí, todos mis anhelos.

Hoy mis ansias son sueños hilvanados con la seda
invisible de tus besos, y de su telaraña estoy preso.
¡Bendita mujer!, sin haber estado, añoro el regreso
a tu tierno regazo, cuándo el destino levante su veda.

Sé que serás mía, aunque poseerte nunca pueda,
que saciaré mi sed en el cáliz de tus rosados labios
y así serán redargüidos todos los agravios
de las tristes horas pasadas en soledad y en vela.

Mi mente marca tu entrada en el umbral de mi puerta,
soberana indiscutible de mis tristezas y mis alegrías,
dueña del nácar de mis lágrimas y mis melancolías.
Con tu presencia, la angustia de mi vida es cosa muerta.

Poinciana, Florida
6 de abril de 2008

El sendero de mis sueños

Caminando la ribera de mis nostalgias,
me detuve a escuchar en el silencio,
la respuesta a mis constantes plegarias
y así la paz y la tranquilidad me agencio.

Reflejada está en mi alma tu presencia,
se levanta mi esperanza hacia tu plenitud
y siento vibrar el calor de tu esencia,
marcando el derrotero con nueva latitud.

¿Si este sueño esta al final de mi sendero?,
ya no es, continuar soñando lo que quiero
y sí embriagarme en la luz de mi lucero.
Acabando con ello la soledad de mí destierro.

Oh mi Señor, Tú eres real, y así lo siento;
rindo mi voluntad como Tu humilde plebeyo
y cobrará vida aquel fugaz presentimiento.
Por eso esta humilde plegaria, hoy te elevo.

Gracias, Señor, por Tu benevolencia,
arde mi corazón con un nuevo sentimiento
porque eso me manda Tu sapiencia,
hasta la llegada de mi último aliento.

Poinciana, Florida
27 de febrero de 2011

Eres en mí

Vivo dentro de mí, tu amarga ausencia,
como sacrílego, aferrado a su pecado;
constante mortificar de mi conciencia,
por qué no estás aquí, como lo he soñado.

Al soñarte en mi soledad, te traigo a la vida
y no podrán conocer las experiencias vividas
ni el profundo dolor que me causas con tu ida;
y, aun así, a continuar soñando, me motivas.

Siendo tú, el motivo inédito de mi felicidad,
no importa el dolor que emana de la distancia
ni saber que la espera por ti es mi ansiedad,
porqué en mi derrotero estarás, con prestancia.

Presta a desterrar de mi existencia el dolor
y el cruel sufrimiento, producto de mi pecado,
entregándome un puro, limpio y sincero amor;
nuevo como la espiga, y siempre a mi consagrado.

Y al consagrar toda tu vida a mi existencia,
traerás nuevamente el paraíso a esta tierra,
con un permiso especial de Su Omnipotencia;
dándome la felicidad, que tu lecho encierra.

Por ello, se descubrirá tu verdad al mundo
y nuestros corazones en uno se fundirán
para culminar la razón de este amor profundo,
que una sola voluntad y propósito tendrán.

Kissimmee, Florida
9 de octubre de 1995

El riachuelo

Las suaves aguas del riachuelo
siguen su norte fijo en el mar,
y nos brindan allí el consuelo
cuando sentimos el alma llorar.

Son como bálsamo que todo cura,
por la fuerza de esa voluntad
y nos dan en la noche obscura
sosiego en nuestra ancianidad.

Con sus apacibles notas en clave,
llena su arrullo la inmensidad,
sin que se escape ningún detalle
de forma que acrecienta su vanidad.

Con paso lento bailan las olas
por la cadencia que a ellas les da
la sensación de que están solas,
y aun forman parte de la unidad.

Bajo la sombra, en el recodo,
y ante la ceiba que alegre canta,
trato de entender cuál es el modo
y el motivo que, tú vida agiganta.

Ya que mis sueños son el desvelo
y fueron otros los días aquellos,
sé que aún canta el riachuelo
cuando nos ve, y dice "son ellos".

Tú, lloras triste para tu almohada
mientras yo persisto en mi altivez,
sin reconocer que fuiste un hada
aquel día, postrada justo a mis pies.

Kissimmee, Florida
13 de septiembre de 1998

Estampas patrias

Estampas de mi terruño,
en un desfile de colores,
memorias de viejo cuño
dónde brillan nuevos albores.

Playas de bello encanto,
acentúan las quietas riberas.
Mi alma, aquí, hoy la levanto
hilvanando nuevas quimeras.

Es discurrir de unos sueños,
aunque nunca cobraron forma,
se muestran vivos y halagüeños,
como salidos de nueva horma.

Mi vástago, poeta floreciente,
cuartetas rima con su lente
y desde la lejanía al alma siente
que jamás, es del todo ausente.

Nacieron lágrimas de alegría,
encausadas por la nostalgia
desde la rincoeña Playa María,
dónde acota la ola bravía.

Cristalinos manantiales
que fecundan las sabanas,
despiertan con los turpiales
con el albor de las mañanas.

Poinciana, Florida
4 de abril de 2017

Indelebles huellas

Sentimientos que marcan el corazón
por la insistencia de ser irreconocibles,
van forjando senderos sin la sazón
y viven su soledad tranquilos y apacibles.

En ese deambular errático e insípido,
llega al punto y florece una nueva ilusión.
Y siento como vibra tu corazón libido,
ante el susurro cierto de esta novel pasión.

Tocas mi alma con un pétalo dulce e invisible
y las notas de un laúd celeste y perfumado
inunda la morada, donde todo es apacible,
y transporta mi ser a las delicias de otro tratado.

Son las huellas que sólo el sentimiento ve,
las que mueven los universos paralelos
y que se anidan en la esencia de un por qué,
cuando dos corazones funden sus anhelos.

Si el destino es adverso y trunca los desvelos,
quedaran huellas plasmadas; y se siente,
por la intensidad que afirman los consuelos
del que, en la distancia, la felicidad presiente.

Poinciana, Florida
28 de septiembre de 2014

Esperanza perdida

Pasa el tiempo viviendo una congoja,
por la ausencia de ese anhelado amor.
Es el reflejo de lo que a otro se le antoja
y tú sigues, insipiente a este dolor.

Vives en mí, no lo puedo ni quiero evitar.
Trato de detenerlo y aumenta el sentimiento,
como olas que vienen y al mar han de tornar
mientras languidece de tu pecho, el aliento.

Son incongruentes las penas que se viven
con la presencia del eco que dejas al pasar.
Solamente los más sensibles las perciben,
otros menos fuertes, las tratan de ahogar.

Olvidar, no es posible, aunque lo intente.
Sueño con el gozo del ayer, al poseerte,
y al libar la sabia del macizo imponente,
el cóndor vuela hasta la cima agreste.

Ascender a la cúspide fue mi desvelo,
pretendí alcanzar la estrella más lejana,
cargando mi osamenta por la calle del duelo
y aunque te sentí cerca, mueres en la mañana.

Hay una nostalgia tan profunda en mi alma
y curtido de sal es encuentra mi equipaje,
tras salvar la distancia en busca de la calma
y no hay razón de ser, para que hasta mi bajes.

En la fuente de mis ojos se purifica mi dolor
y se escribe el epitafio con la esperanza perdida.
Las gélidas del tiempo encierran este amor
con el patrón de olvido que acaba mi vida.

Poinciana, Florida
26 de septiembre de 2013

Fui cobarde

De aquella noche, el recuerdo
estoy viviendo, al tu marchar.
Enajenado, nada pude murmurar;
no hubo ningún solido acuerdo.

He tratado de materializar el sueño
de aquella sublime noche vivida,
pero el destino que, de todo es dueño
me tiene dando tumbos y a la deriva.

Fui cobarde, tú me ofrecías tus labios
y yo, negándome el placer de amar,
divagué de aquellos corolarios,
y nos diluimos en el salón, al bailar.

Languideció la amistad justa y sincera;
pupilas áridas con el pasar del tiempo.
Distancia, que resulta un contratiempo,
mientras pierde hojas, esta quimera.

Perdona mi cobardía, al hacer mío
el agridulce de estas memorias
y el desconsuelo, causa de mi desvarío,
pretendiendo reescribir la historia.

Mi soledad es el consuelo a mi suerte,
viendo escaparse la savia del placer
que, vivirá ni con la hermana muerte,
por la incongruencia de mi proceder.

Camp Enari, Viet-Nam
17 de octubre de 1968

Gloria y mar

Detenido en mí constante deambular,
cansado ya de vagar esta soledad,
he visto el reflejo de una imagen tabular
en el fino y tenue lienzo de mi verdad.

Tu figura esta plasmada en mi ilusión,
liberando todas mis inhibiciones
y me anima a combatir la tradición
para lidiar con todas las contradicciones.

¿Por qué he de lidiar con la adversidad?,
cuando resulta más fácil dejarme llevar
por quien desea librarme de esta soledad,
simplemente, porqué me quiere amar.

Señor, doblé mis rodillas ante Tú presencia,
elevé la más sencillas de todas mis oraciones.
Y cómo el incienso nos encumbre de fragancia;
se avivan en mi corazón nuevas sensaciones.

Respetuoso de mi sentido de libertad,
me has permitido caer y volver a levantar.
Hoy me brindas el bálsamo para mi soledad,
combinando los destellos de la gloria en el mar.

Llega para quedarse, presiento es Tú voluntad.
Ahora, es preciso acompasar los sentimientos
que vayan a la par con esta nueva realidad
y así vivir al amparo de la Divina Trinidad.

Poinciana, Florida
4 de marzo de 2011

Ilusión muerta

Noche de bohemia y de parra,
terminó con la ilusión muerta
y yace aquí, junto a tu puerta,
un corazón que de pena se desgarra.

Sin embargo, no escribe así el epitafio
de mi amante corazón, que vibra
con la esperanza de vencer el agravio
de quién la última batalla libra.

Quemar el puente será la opción
para continuar de frente y optimista
y se cantará una nueva canción
del firme caballero reformista.

Más tú, doncella triste y embelesada,
por el dolor y las angustias pasadas,
piensa continuar rondando la calzada
sin entender que hay otras alboradas.

Hoy rompo mi espada sobre esa peña,
claudicando esté, mi deseo de tenerte
sin rendir guerra, como algo que desdeña
en mi vano empeño de estés en el puente.

Adiós, mujer, reina de mis sueños,
motivo del rocío en mis ojos,
sabiendo fallidos todos mis empeños,
quedo a tus plantas solo y de hinojos.

Poinciana, Florida
27 de abril de 2008

Incertidumbre

Cuando el dolor nos consume
y la incertidumbre abruma el alma,
sentimos que se evapora la calma,
mientras nos envuelve el gris de la nube.

La adrenalina en constante baja y sube,
con vertiginoso ritmo y rapidez,
te pido, y necesito que me des
la conciencia que ayer no tuve.

Ante la imposibilidad de saber, me detuve
y planté decididamente mis rodillas en tierra.
Por esta angustia, mi esencia se aterra;
mi sentimiento, por qué no estás, lo contuve.

Este sendero anteriormente lo anduve
en noches de fugaz y efímeras ilusiones,
mientras ordenaba la rima de mis canciones
que a este sentimiento compuse.

Hoy, taciturno, me detengo ante el sendero
por dónde escaparía de la adversidad
y me refugio en la certeza de mi verdad,
retirando mis útiles al languidecer un te quiero.

Poinciana, Florida
12 de diciembre de 2015

Inútil espera

Este puerto, que desierto, languidece
abatido por la corriente del tiempo,
sigue esperando que tu barca regrese
a narrarle la odisea de los vientos.

Y vuelve a caer el sol en el poniente,
llenando mi triste alma de melancolía
y calla la voz que ahora, y de repente,
pudiera decir a todos que no eres mía.

Anhelé ser el timonel que, a ese velero
condujera hasta un norte más apacible
y me resultó vano y fútil este empeño.

Esa llegada, que inútilmente hoy espero,
ha dejado de ser algo real y factible
porqué mi presencia murió en tú sueño.

Kissimmee, Florida
17 de mayo de 1998

Invisibles senderos

Se forjan con el devenir senderos invisibles,
cuando ascendemos presas de los ensueños
hasta el campo de los inverosímiles,
dando al traste la vanidad de falsos sueños.

Ya no habrá quien narrar pueda en fábulas,
las enseñanzas que el verbo nos marcará
y entonces nos daremos al principio de cavilas
hasta que se cumpla lo que el tiempo depara.

Camino desde el hoy, hasta el novel principio
de la constante florecida de rosas y amapolas,
y allí dónde el final da al traste con el inicio,
como una ecuación que nunca la interpolas.

Si he de vivir la angustia de no verte en el mañana,
como el lucero, que pierde el color de mis anhelos,
languideces en el amanecer de la hora temprana,
mientras cantan mi epitafio mis vanos desvelos.

Rincón, Puerto Rico
5 de junio de 2014

Invisible memories

When in the silence of my solitude,
I set free my constrained dreams,
away from mine mind one flew,
and went looking for yours been.

Escaping from the security of my sight,
reach out to kiss the juicy of those lips,
and the darkness came to be light,
dancing to the cadence of your hips.

Today, I live only of the remembrance,
the ecstasy of those seconds that were forever,
and I am keeping them with the elegance,
beyond to the next life, if there is be an after.

The sadness of coming to the reality without thee
it is overcome by the sweetness of the love drink,
and realizing that we never for each other be;
I will keepsake the memories of our invisible link.

Poinciana, Florida
August 3, 2010

42

La ceiba

Bajo el follaje de la ceiba frondosa,
que ayuda a apaciguar las inclemencias,
va a postrarse la doncella más hermosa.
Contemplarla es bálsamo a mis dolencias.

La cofradía que guarda su hidalguía
me ha privado de la libertad de amarla.
Sabiendo, como sé, que nunca será mía,
le pido al Señor, perdón por admirarla.

Otros más burdos, divulgan su belleza,
y hasta pretender soñar con poseerla,
sin reconocer que es tal su realeza
que labriegos al fin, no podrán tenerla.

Es ella, una estrella escapada del cielo
y en la tierra, es una celestial princesa.
Con denuedo, a todos ofrece su consuelo,
almas que, de angustia y dolor son presas.

Nacida en este jardín para redimir,
su corazón no conoce de la maldad.
Su obra, en este edén, habrá de consumir
engalanada con su toga de humildad.

Quedará en mí, la huella de su existencia
cuando de este reino, ella trascienda
y habrá de ser consuelo a mi penitencia,
saber que, junto a Dios, será su hacienda.

Kissimmee, Florida
16 de junio de 1995

43

La deidad

Mis rodillas he doblado ante tu altar
implorando los descartes de tu amor,
no sabiendo si tú le habrías de dar
a este mendigo, la cura para su dolor.

Quizás, traiga escondida tu intención
la cicuta mortal para terminar mi vida;
yo, ignorante de toda lógica y razón,
la tomaré cual si fuera la sabia elegida.

Por la suerte del que desconoce su futuro,
llevaré el cáliz final hasta mis labios
y postrado allí, continuaré siendo tuyo.
Perdonando así, el último de tus agravios.

Al exhalar ante ti, mi postrer suspiro,
al pie de tu altar recogeré las migajas;
 retener la presencia de tu imagen, aspiro,
porqué sé bien que tú a mi nivel no bajas.

La sal de mí llanto, sazonará tu partida
y tu recuerdo será para mí el ataúd.
Tú, en deidad de piedra serás convertida.
Ya no se oirán más las notas de mi laúd.

Kissimmee, Florida
2 de julio de 1995

La ninfa

Al soñar con la alegría, se muere mi ilusión
de dormir, tranquilamente en tu regazo
y con la fuerza, que me das en un cálido abrazo
nace un mundo nuevo, y tú eres la razón.

Sé que hoy estás perdida en mis desvelos
y pujante por romper la fuente que te retiene.
Para darte forma, un nuevo sol se mantiene
vigilante de mis sueños y mis anhelos.

Tú, la ninfa, que este sentir me motiva,
lates para darle fuerza y sentido a mi vida.
Aunque sea un náufrago de causa perdida,
en secreto tu eres el norte de pureza altiva.

Que sufra mi corazón los desdenes de lo incierto
ante la realidad de que eres esencia efímera,
pero tú continúas siendo cierta en mi primavera
y amparado en esa verdad, esta rima es mi acierto.

Porqué sin estar, recibo el susurro de tu aliento,
que acaricia mi pecho sediento de tu presencia
y en esta incertidumbre eres mi paz y complacencia
dando rienda suelta al cántaro de mi sentimiento.

Llegará el día, porqué sé que habrá de llegar,
que tus huellas estén presentes en mi cuerpo
dando a este, nuestro compromiso y acuerdo
de ser real lo que aquí presagia mi cantar.

Poinciana, Florida
8 de agosto de 2014

La doncella aquella

Ya aquí, someramente se resume la vida,
con un constante devenir, y sin huella,
cuando pensamos en la doncella aquella
que se marchó, sin anunciarnos su partida.

Sentimos que el alma nos quedó herida,
y culpamos por ello a nuestro destino.
No sabemos por qué es triste el camino
y si las peticiones se escuchan arriba.

Quizás parezca cierto, que ella está ida,
aun cuando por ella se llenen mis días.
De repente, buscando consuelo, les diría
que continúa en mi memoria dormida.

Para torcer mi destino, negaré su partida,
mientras enjugo mis lágrimas una a una,
porqué sé que es comparable a ninguna,
aunque su esencia me resulte consumida.

Continuaré como un velero a la deriva,
cruzando este mar, que no conoce la calma,
con su imagen prendada dentro en mi alma,
rogando que toda esta angustia sea vencida.

Pero ella, que estará en sus angustias sumida,
volverá a leer los versos, en el ocaso de algún día
pretendiendo querer ahogar esa melancolía,
me dará el premio de su mirada triste y furtiva.

Cuando el tahúr juegue mi última partida,
lo haré soñando que ya ella jamás estará.
Probablemente no sepa la mano que me da
porqué para ella, nuestra suerte está pérdida.

Kissimmee, Florida
18 de septiembre de 1998

La senda de tu olvido

Soñé, con una realidad irrealizable
y mueren todos mis anhelos, sin tener
el calor de esa ardiente y dulce mujer;
ninfa de postura rebelde e indomable.

Escabrosos picachos, que no alcanzaré.
Rendir mis desvelos tendré, al atardecer
y conjugar en silencio, ansias y padecer
mientras por la senda de tu olvido, me iré.

Doncella, tú, que le diste alas a mi sentir,
quieres dejar de ser el presente en mi futuro
y esté alcíbar presto y dispuesto, lo apuro
viendo desvanecerse en la bruma, mi existir.

De ese oasis que, tan celosamente, guardas,
no brotará el líquido que apague mi sed;
en su brocal ya no seré, esperando por usted.
La brasa de tu ausencia, quemará mis espaldas.

Tal vez, en algún rasgado y teñido papiro
queden plasmados los suspiros de mi aliento,
sin saber si a esos vestigios yo consiento
al cuadrar mi morir con mi último suspiro.

Poinciana, Florida
22 de marzo de 2017

La Silueta

Por un sendero arropado por la bruma,
se define la silueta de mi bella amada.
Que se crece, como la blanca espuma,
conforme va recorriendo la cañada.

Sumida en el silencio de la augusta gesta,
presenta su rostro angustias y amargura.
Y embriagada con el verdor de la floresta,
una a una, todas sus lágrimas conjura.

Hoy, mi corazón viste el color de la ausencia
de la flor que amaneció en el dintel de mi alma.
Allí, marcó su huella con el brillo de su presencia
y, en la adversidad, se creció como la palma.

Ya no verán más mis ojos el matiz de su alegría,
brillo que iluminó mi existencia en su lejanía.
Por ella, la última perla de mi llanto vertería,
sólo por volver a contemplar su diáfana lozanía.

Poinciana, Florida
19 de noviembre de 2013

La samaritana

Lentamente llegué al brocal abierto,
arrastrando mí desnuda osamenta;
sin tomarme esta vida en cuenta,
me sentí morir de sed en el desierto.

Se oía el agua cantar, alegremente,
en lo más profundo del abismo
y sentí desmoronarse mi organismo
ante la siniestra señal de la muerte.

Presentí que mi esencia se escapaba
de mi raído y atribulado cuerpo,
consciente que el final toma su puesto,
se tornó lánguida y triste mi mirada.

Y como espejismo, que nubla la razón,
divisé su figura al borde del horizonte,
sin saber que a mi llamado responde
por la misericordia de una oración.

Calmé mi sed en sus húmedos labios;
 así, ella daba nueva vida a mi alma.
Hoy todo en mí es serenidad y calma
y de esa manera ha borrado otros agravios.

Samaritana, que puso Dios a mi paso,
en aquella tan triste y desolada hora;
oye mi voz, que en el silencio implora
que seas siempre, el calor en mi regazo.

Que ese fuego no se apague nunca,
que sea eterna y duradera su llama,
sabiendo que esa perdurable flama
convertirá en felicidad, mi fe trunca.

Kissimmee, Florida
11 de noviembre de 1998

La sirena

En las aguas serenas y plácidas,
de las costas de mi pueblo,
en busca de atmósferas cálidas,
llegó la ninfa sin causar revuelo.

Con un bagaje de nuevos sueños;
hasta la orilla, dónde plantó estandarte,
dejando a las olas mecer sus ensueños,
cautivó el sentir del poeta andante.

Sumergida entre las blancas espumas,
en las rocas acariciadas por la marea
se sentó efervescente, cómo las brumas,
pretendiendo que ese sentir en mí no sea.

Sortilegio que naufragó de mi inocencia
y se aleja queriendo apagar la semilla
que le da un nuevo giro a mi existencia
mientras busco su esencia en mi buhardilla.

Volveré a navegar todos los océanos,
hasta encontrar el cristal de sus pupilas
y entonces entrelazaremos las manos
al fundirse en una, nuestras vidas.

Kissimmee, Florida
10 de febrero de 2015

Letra muerta

Color ocre ha tornado la sal de mis desvelos,
el fino lienzo, dónde plasmé mis desagravios
y así, se mueren poco a poco mis anhelos
de volver a libar el almíbar de tus labios.

Cansé mis pupilas atisbando el mensaje
que nunca llegó, sumando a mi dolor
la elocuencia de tu silencio, y traje
a mi existencia lo incierto de tu flor.

Mi desacierto se desmorona en mis manos,
mientras decrece mi firmeza ante lo incierto
de una respuesta que nunca levantará ánimos
y así se torna árido el oasis de mi desierto.

Será la tormenta de esta desilusión,
quien arrope el sarcófago de mis recuerdos.
El desconsuelo será el epitafio en mi corazón
sin que medien para mí, noveles acuerdos.

La transmutación de nuestros rosales
no volverá a coronar momentos felices
ni hará eco en mí, la voz de tus atabales
mientras voy sanando mis cicatrices.

Así desciendo de la atalaya de mi esperanza,
viendo morirse un ensueño que nunca fue
y ya sin fuerzas nuevas para la labranza,
sí preguntan el por qué; yo no sé qué diré.

Poinciana, Florida
25 de mayo de 2014

La voz de tu silencio

Oigo en la voz de tu silencio,
una oración fuerte y potente
que trastorna y enajena mi mente,
aun cuando siento tu aprecio.

Tú, sabes cómo yo te presiento,
desde que tu imagen fuera un sueño.
Porque desde allí nació este empeño
que, motiva y da vida a mi aliento.

Por eso, calladamente hoy te digo
lo que nunca, antes se ha escuchado.
Y aunque este confuso y anonadado,
tras de tu portentosa estrella sigo.

Aquí me tienes, cómo un mendigo
de ese dulce aroma, que no tengo.
Contemplo tus rosales, y me detengo
a gozar de un sentimiento perdido.

Sí soñar es mi sino y vivir de una ilusión,
serás tú la atalaya hacia dónde miro,
esperando que mi vida tome nuevo giro
ante el pentagrama de tu canción.

Los jardines brillan en primavera
al sentir las caricias del fresco rocío.
Ya mi corazón no siente el vacío,
porqué tú eres presente en mi vera.

Al cantarte esta floreciente quimera
se enriquecen todos mis sentidos.
De novel suerte, y comprometidos
a estar nuevamente en esta ribera.

Poinciana, Florida
14 de mayo de 2011

Libélula de mis sueños

Luciérnaga, tú que te diluyes en la distancia,
cuando asomas en mí nuevo amanecer,
y brotan las rosas que yacen en mi estancia
ansiando con denuedo que tú las vengas a ver.

Llegarás perfumada en el silencio de la noche
como libélula cansada y triste de tanto divagar
y ese aroma me embriagará con el derroche
del sentimiento que en tu alma volverá a brotar.

Serás sol que ilumine mi firmamento con acierto
y el ocaso de mi soledad, que lentamente se apaga,
se levantará de las cenizas con novel sentimiento
para honrar la dama que dulcemente hoy me alaga.

Vendrás tímida, pero segura del aura que te adorna
y yo entonaré una fina y diáfana alabanza al Cielo,
cómo aquél que sereno, nada ni nadie lo trastorna
y el incienso de mi plegaria calmará mi desvelo.

Tu imagen guiará mis pasos, mientras se conmueve
mi existencia y se remontará del profundo abismal
y la tempestad en cierne, se apague y se repliegue
en la amplitud efervescente de tu verdad cierta y cabal.

Poinciana, Florida
6 de diciembre de 2014

Licencia para amar

Si hay que pedir licencia
para expresar lo que siento,
se me nubla la sapiencia
y puedo caer en lo incierto.

Por qué la verdad, yo te profeso
desde el momento inicial.
De amarte, yo soy confeso,
hasta que sea el momento final.

¿Quién sabe, si Dios conceda
la realidad de este canto?
Y aunque el dolor anteceda,
no será mío este quebranto.

Llegaste a mí como un sueño,
en una noche sin estrellas
y fue creciendo mi empeño
por el brillo que destellas.

Seré yo quien te mantenga
encendida en mis recuerdos.
Aunque el tiempo se detenga,
daré vida a estos acuerdos.

Serás el motivo de mis alientos
desde el rayar de la aurora
y por la certeza de mis aciertos,
estarás en mí, latente a toda hora.

Poinciana, Florida
13 de mayo de 2011

Manantial

Brota del claro manantial de tu boca,
el motivo real que, mi alma apasiona,
la esencia virginal que me provoca
a confundir mi cuerpo, en tu persona.

Entrar a tu morada de forma sigilosa,
beber la vida en el cántaro de tus labios,
sentirte mía y así soñarte mi esposa.
Desde mi pasado, yo vivo esos presagios.

Tienes el porte señorial de una princesa
y la reina en mi corazón siempre has sido.
Cautela en mi proceder, la razón me aconseja.
Que, con el paso del tiempo llegará la libido.

Te he soñado desde que eras la doncella,
niña inocente en los campos de mi tierra.
Allá en la floresta, tú siendo la más bella,
escondida de mis ojos, para que no te viera.

Ya no existen en mi futuro, más congoja.
Sé del sentimiento que tu pecho atesora.
Del almanaque seguirán cayendo hojas.
Por ese "te quiero", mi fe nuevamente aflora.

Kissimmee, Florida
10 de junio de 1995

Me dueles menos

Sentir que tu esencia me abandona,
en la presencia de mi soledad cuerda
y como un corazón amante, todo perdona,
aprenderé a vivir que tú no eres mi prenda.

Hoy te marchas por el sendero sin regreso,
mientras yo atisbando desde mi ventana,
siento que mi corazón de ti nos es preso,
conforme se desvanece tu luz en mi mañana.

Ya no volverá tu sonrisa a iluminar mis ojos,
consciente de que serás luz en otra fuente.
Yo soñaré con la que recogerá mis despojos,
porqué ante esta realidad, no quedaré inerte.

Volveré a soñar y a hilvanar nuevas quimeras,
mientras en mi riachuelo, vibre la vida
y su cauce evite la unión de mis riberas.
Así entenderé que la esperanza no está perdida.

Vete ensueño, que tu sabía aquí ya no florece,
gota a gota mis venas expulsarán tu esencia.
Porqué es alta la atalaya, y allí la flora crece,
volverán mis rosales a ser, sín tu presencia.

Rincón, Puerto Rico
20 de diciembre de 2014

Morir, para que nazca la esperanza

Con el florecer del día llega la aurora,
nace en sí, el día de la nueva creación
y atempera con todo su fulgor la nueva hora
para que en el silencio se eleve una oración.

Brilla la esperanza en el novel universo
y refleja cándidamente en la niña de su iris
todo lo que es el reverso y el converso
para darle color y matices noveles al arcoíris.

Y como a todo buen Campeador, nos toca
llegar a la cima para colgar una nueva quimera.
Y aunque mi musa se afina y se aloca,
será en tu vera que venga a plantar la primera.

Al musitar la melodía que me mueve a escribir,
vibra en mi imaginación el portento de la dama,
que, como la ola, con su constante ir y venir,
alegra mis sueños con esa incandescente flama.

Basta que mis ojos, hoy, miren esa sonrisa
para sentir como revolotean las mariposas
y por esta sensación sutil se crece la premisa
de que en mi tumba siempre florecerán las rosas.

Y este epitafio, que es tan dulce y tan profundo
hace soñar que el nácar de tus ojos riegue mi fosa
porqué muriendo el viejo hombre trota mundo,
tú serás la jardinera en quién mi corazón reposa.

Poinciana, Florida
29 de julio de 2014

Mundo de ilusiones

Ninfa, tú que duermes en mis sueños,
anhelos idos, que hoy sobreviven
en el silencio de mis inertes desvelos,
por el mundo de las ilusiones, vienen.

Hilvanaré mis quimeras a diario,
con hilos de ensueños de cada aurora
y al apurar de tus labios, este breviario,
viviré del fluir que novel sentir aflora.

Llenaré mi tálamo con nuevas ilusiones
mientras tu silueta, con agilidad desplaza
los fantasmas de las idas canciones,
que secaron sus raíces en esta plaza.

Tal vez, seas el sol que caliente mis riveras
en el crepúsculo de los años por vivir.
Hoy mi musa a una nueva dimensión llevas
y así grabas en mi esperanza la flor de tu reír.

Poinciana, Florida
12 de febrero de 2017

Luz

Luciérnaga dormida, en mi firmamento,
calladamente pululando en mi derredor,
has despertado en mí un sentimiento
que creía ya muerto y sin sabor.

Un faro de luz y una nueva esperanza
parece florecer al final de mi derrotero,
desde el cual brota tú figura en lontananza,
ávida y deseosa de caminar mí sendero.

Zaleada por el tiempo y su destino,
con dolor en el alma, como único bagaje,
que se puede leer en la tristeza de su sino,
como las marcas de sal de mi equipaje.

Insipiente amargura al no poder poseerte.
falto de libar en el brocal de tu ternura
el acíbar que me ha de traer la muerte,
sin acotar el ocre sabor de mi amargura.

Es allí, dónde mi ilusión de antaño
fuera arrullada por una feliz alabanza,
para adelantar mí sendero, sin engaño,
en la consecución de esta añoranza.

Pero ya se ha ido extinguiendo el lucero
y aquella refracción quizás hoy la pierdo,
conforme camino paralelo a tu sendero.
¿Por qué tiene que ser así?, no lo entiendo.

Estoy viviendo de un lucero que languidece,
como languidecieron otros en mí ayer.
Nuevamente mi historia se repite y acontece.
Te estoy viendo escapar, otras dejaron de ser.

Adiós, tú, sensación efímera y pasajera.
Has jugado tu mejor partida en mi ruleta.
Como un tonto, yo jugué mi vida entera
y mi corazón he perdido en la contienda.

Kissimmee, Florida
21 de abril de 1995

Mi juramento

Camine desde el ayer ahogado en mis tormentos
y cuando volver a querer me parecía tan extraño,
surgieron los capullos de nuevos sentimientos,
dándole un novel cariz al sufrimiento de antaño.

Nadie sabe si tú abras de coronar mis esperanzas
ni si tu penar será la prisión de tu amante corazón,
dando al traste con todas nuestras añoranzas,
sin que medie para ello la lógica ni la razón.

Cierto es que el sufrimiento ha curtido nuestro hoy
y el temor se aferra en la movediza de un amargo ayer.
Penar ingrato, que nubla la realidad del amor que doy,
y por ello estamos encaminados a un nuevo padecer.

Con sigilo y temor llegué un día hasta tus plantas,
tras haber enterrado de mi pasado, todo su dolor.
Anhelando que, ante mi ocaso, seas tú quién te levantas,
cómo la nueva aurora de este floreciente amor.

En el pasado, han rasgado mi piel miles de espinas
y el dulce aroma de las rosas me ha hecho palidecer.
Consciente de que, más allá del tope de las colinas
esta mi Niña Bonita, esperando el caudal de mi querer.

Jurarte hoy, que te querré hasta más allá del tiempo,
prometerte que llegaremos juntos al remanso final.
Y allí estar, cuando entreguemos el último aliento
para darle vida a esta promesa cierta y cabal.

Tú has de ser el norte que guie mi sendero,
estrella vespertina, nacida en la hora matutina,
honraré tú valía, cómo todo un caballero
por la floreciente dicha que, de ti, se avecina.

Kissimmee, Florida
28 de mayo de 2011

No somos

Si ya no somos lo que fuimos
es porqué somos lo que somos
y como para ser no hay asomos,
no volverás a tener lo que tuvimos.

Que aquí nos quede convenido
que las huellas mueren en el ser
y si no es factible volvernos a ver
se consumirá el jardín florido.

Adiós sol, que hoy ensombreces
el fulgor de tu amante mirada,
al morirte al pie de la calzada
y tu imagen en mi la decreces.

Libélula que en mis tinieblas
pierdes tus imanes y encantos.
Esta copla motiva noveles cantos.
Aquí te ensombreces y tiemblas.

Rio Piedras, Puerto Rico
20 de diciembre de 2014

Nómada

Exiliado en el desierto de tus sentimientos,
vagué mi destino sin tener un rumbo fijo.
Buscaba el oasis que saciara mis sufrimientos,
pero solamente encontré un pozo vacío.

Deambulé tras tu imagen como un espejismo,
sin tener un norte seguro y claro al cual llegar.
Y ahora estoy viviendo al borde del abismo,
sufriendo la angustia de no poderte amar.

Esta soledad, que es mi verdugo y compañera,
que ha nacido en mí, hoy y aun así es eterna,
va torciendo vilmente mi destino a su manera.

Me ha robado la dicha de que tú me tengas.
Mi corazón que no entiende, aún si el pudiera,
sufre de angustia y dolor porqué tú no llegas.

Kissimmee, Florida
10 de septiembre de 1995

Nota triste

Corre apacible, por la dorada campiña
el riachuelo, que fortalece la vida
y aquí se adelanta la forma aguerrida
de la dama que no será más una niña.

Aquella, la que nos mira con desdén
desde el pico más alto de su atalaya
y creemos que es perdida la batalla,
sin atrevernos a suspirar, también.

Mientras, la pesadumbre nos destroza,
porqué un imposible nos parece ser
que, la vida se nos esfume sin tener
el aroma de tan suave y delicada rosa.

Creemos que es feliz en su escondite
y nos hacemos a la idea irreversible
que ella es una prenda no asequible,
y tomamos de la vida su nota triste.

Quemadas por el llanto sus mejillas;
la angustia en su lecho encarnizada,
deambula triste y por el dolor arraigada
en la secretividad de su buhardilla.

Se escapa un suspiro en la distancia
y rompe su eco la lejanía del tiempo
cuando ese suave vibrar lo advierto
rascando la humildad de mi estancia.

Sé del dolor que la está consumiendo
desde que con alta reverencia la miré
y de ese, nuestro secreto no le hablaré
hasta que llegue al altar sonriendo.

Haré realidad las ansias de su vida,
con el fin de su amargura y tristeza,
elevando para sí, mi humilde realeza
cuando acepte ser mi novia prometida.

Kissimmee, Florida
15 de febrero de 1998

Notas del viento

Si me complaciera con vivir la vida ajena,
sin que el acontecer de mi visible existencia,
fuera tan fugaz y tenue, como la luna plena
la ausencia de su haber minaría mi paciencia.

Flor, que dejas de ser sin haberte marchitado,
pétalos mustios, por la carencia de mi mano.
Y entre mis despojos, tus espinas has clavado,
sin la impresión de que muere en mi verano.

Negándome a exhalar el hito de la esencia,
fluye el aire que purifica mis dilatadas venas
y en esa consciencia de ser, entra tu presencia
con un matiz desgarrador al curso de mis penas.

Al contar tus huellas, grabadas en mi estancia,
caso fortuito del placer secreto de amarte tanto.
Ya del ocaso de mi vida no es tanta la distancia
por qué la nueva aurora muere mi quebranto.

Que entiendan todos que mi vida es mi vida,
que de nadie retengo un ápice de su aliento.
Mientras lentamente cicatriza está herida
sintiendo las caricias de las notas del viento.

Poinciana, Florida
25 de septiembre de 2013

Nueva vertiente

Caminó lentamente, con tímida seguridad,
hasta la encina que bordea mi buhardilla
y allí, con su sonrisa placida y sencilla,
me entrego un cofre cargado de felicidad.

Esa que, resulta tan evasiva e inalcanzable,
que se escapó entre los dedos, ya tantas veces,
y en los albores de mis atardeceres te creces
como una enredadera real y alcanzable.

Viste tu porte y tu hidalguía, mujer de mi hoy,
tócame suavemente con la seda de tus anhelos,
dale vida a los sueños que hilvane en mis desvelos
mientras reflejan tus pupilas el contraste que doy.

El agua corrió bajo el puente de nuestra existencia
y llevó consigo las amarguras de un lúgubre ayer.
Sí, hay dolores y penas que no debieron de ser,
pero se reinventan mis sentimientos con tu presencia.

Sendas que fueran paralelas hoy se entrelazan,
tejidas con sapiencia en el telar de la vida
y porqué es tarea del Sabio, ya preconcebida,
nuestros pensamientos en la distancia se abrazan.

Yergue la frente con la firmeza que el sol se siente
en el nacer diáfano y cristalino de un nuevo día.
Voces angelicales entonaran una novel melodía
y sentirás que el amor florece en una nueva vertiente.

Poinciana, Florida
1 de octubre de 2014

Nunca fuiste

Mi musa pujante, hoy quiere brillar;
siento en mi inquietante, deseo de amar.

Viajera fugaz, perdida en mi ayer,
acertando en mi recuerdo, vuelves a nacer.

Ya no estás ausente, más bien prisionera;
tú, que nunca fuiste, eres la primera.

Ninfa de mis sueños, avivas mis desvelos;
 aunque jamás te tuve, preñas mis anhelos.

Serás en mis quimeras presente y ausente;
esencia en mi ayer, en mi hoy, fluido latente.

Aun quema mis labios tu beso ardiente;
pasaran los lustros, aun efervescente.

Embriagado de ti, presiento que emerges;
al yacer el día, como mi atalaya te yergues.

Poinciana, Florida
20 de junio de 2017

Oasis

Oigo el sonido, que, en la noche,
pretende ocultarse a mi desvelo.
Con el deseo de matar el anhelo
de tener tu voz, como un reproche.

Anduve el derrotero de mi vida
por las arenas secas y perdidas.
Y continúe sin lamer mis heridas,
buscando mi alma desprendida.

Silencié mi dolor, quedé callado.
Mi figura, por el tiempo gastada
no quiso responder a tu llamada.
Intente alejarme de aquel prado.

Inútil mi intención, cosa perversa.
Más, allí, quede preso en tus redes
y con esa realidad, aquí me tienes,
seguro de que mi musa por ti versa.

Serás el oasis final en mi desierto,
paraíso terrenal, nuestro escondite,
y jamás sabrán que allí me diste
la flor de tu amor a campo abierto.

Kissimmee, Florida
11 de noviembre de 1998

¿Por qué será?

He caminado el sendero de mi vida
añorando alcanzar un final derrotero,
persiguiendo bálsamo a una herida
en la consecución de mi afán, casi me muero.

Como el tahúr, que seguro de sus cartas,
se juega su suerte en la última partida,
sorteé los naipes y acaricié mis canas;
y descubrí que mi felicidad esta ida.

Con el intenso deseo de saberme tuyo,
consciente y ufano, aposté a ganarte.
Una mueca más no doblegará mi orgullo,
aunque sienta que no habré de tenerte.

¿Por qué será que todo me llega tarde?
Cual fénix, levantaré de mis cenizas
y marcharé sin pompas y sin alarde
hasta llegar al punto dónde agonizas.

Kissimmee, Florida
11 de marzo de 1995

¿Qué serás?

La tranquilidad del tiempo nuestro,
trastorna para bien los afanes de existir
cuando es sensato y justo convenir
los recursos que habitan en mi estro.

El mañana, hoy se percibe como diestro
con el compás movimiento de las estrellas,
todas son fulgurantes, pero unas más bellas
y esas se diluyen en lo sano y lo siniestro.

Porqué el destino es el tahúr de las partidas
y las reparte en unas escalas preconcebidas,
con las que se afectan las horas ya perdidas,
mientras sangrantes por amor, quedan heridas.

¡Oh amor!, vivas y efervescente sentimiento,
del que todos somos fieles y mansos esclavos,
hoy nos atas con invisibles lianas y clavos
y te vemos florecer como dulce presentimiento.

¿Será el presente que soñamos desde el ayer,
o con la nueva aurora se perderá tu esencia?
¿Si con ello se desvanece de mí, tu presencia,
qué serás cuando en la soledad vuelvas a florecer?

Poinciana, Florida
16 de diciembre de 2014

Pordiosero

Como pobre y mísero pordiosero en el amor,
tus caricias me encuentro mendigando hoy.
Las que, por ser ajenas, no calmaran mi dolor.
y esa angustia la llevo por doquiera que voy.

Eres tú para mí como la inasequible atalaya,
que majestuosa e imponente en la distancia,
presenta para mí una insalvable muralla;
como el detente a mi osadía y arrogancia.

Con gallardía y ante ti, admito mi derrota.
marcho a otros lares replegando mi estandarte.
Ni por un instante pienses que llevo el alma rota,
para bien o para mal, en mi pecho has de quedarte.

Cuando en mis noches de nostalgia y agonía,
si me abruman tus recuerdos y la melancolía,
leeré las amarillas notas, húmedas por mi alegría.
Allí estarán estas, como tributo a mi último día.

La huella del amor no la borra la corriente del rio
ni extingue la memoria de unos bellos momentos.
Grabaré lo dulce de aquellos instantes, en mi desvarió
dándole vida en la intimidad de nuestros aposentos.

Si se extinguiera la llama de este sentimiento
y desapareciera tu silueta de mi universo,
crearé entonces para ti, un nuevo firmamento,
en el que tú seas el sol que ilumine mi sendero.

Por qué irte de mí, jamás habrás de un todo,
mientras exista en nosotros el inconcluso placer
de no haber vivido la eternidad en cada modo,
oyendo el susurro melodioso de nuestro querer.

Kissimmee, Florida
11 de marzo de 1995

Redención

Esa calle triste, que conduce a tu morada,
a cuya vera, aún hoy, florecen las dalias,
allí se atesoran las huellas de mis andadas
y el polvo del tiempo queda en mis sandalias.

Sueño tu amor tener en las noches de mi vejez,
como visión que deseo se haga una realidad.
Acotar mi sufrimiento y el dolor de una vez.
con solo amarme, llenarás mi vida de felicidad.

Mis noches de verano parecen ser de invierno
por la falta del calor que de tu cuerpo emana.
Ese fuego abrazador que siempre fue tan tierno
y que, como aliciente curador, todo lo sana.

Auguro que mi amarga suerte un día cambie
y que tu llegada me traiga consigo la luz,
diáfano resplandor que no ilumine a nadie,
pero venido a redimirme del peso de esta cruz.

Kissimmee, Florida
25 de junio de 1995

Remembranzas

Sube, desde el ayer, yerto en el tiempo,
el aroma de una flor, que vivió en serenata
del pentagrama doliente de una cantata,
en que, por jóvenes, todo era un acierto.

Se envolvía tranquila, la noche en el silencio,
se arrancaban notas al diapasón de una guitarra
y la luna era con nosotros en esas noches de parra;
las rosas elevaban su perfume como el incienso.

Bohemios sin cartera, más con conciencia
de que en la quietud serena, de la noche,
la dama, vertía de sus sentidos, en derroche,
mientras nadie sabía con certeza, de su sapiencia.

Oh, arpegio musical, rimas justas y cuadradas.
Una voz, en solitario, sus notas ofrendaba,
y luego dar paso, al que, con rimas, solo hablaba;
poeta y cantor, eran, al pie de las calzadas.

Hoy, languidecen en mi ayer, inertes quimeras,
ensueños de un mañana vacío e irrealizable;
solo el sentir llegó a plasmar la realidad loable
de un amante corazón, que siempre se dio a enteras.

Poinciana, Florida
11 de marzo de 2017

Resignación

Templado en la fragua de la vida
y por el yunque del tiempo moldeado,
he sabido auto-sanar mis heridas
y a nadie le muestro mi costado.

Si el ayer en mi destino se repitiera,
pido volver a vivir aquellos momentos,
cuando en tu regazo tranquilo durmiera
abrigado por el calor de tus sentimientos.

No podemos controlar nuestro destino
y no cambiaremos el curso de la vida.
Han de seguir a paso firme su camino.

Mientras yo desde mi atalaya te veo ida,
sabiendo que es insalvable este abismo.
Tú seguirás siendo la prenda prohibida.

Kissimmee, Florida
10 de setiembre de 1995

Sabiendo que te pierdo

De aquel amor, quedó sólo en recuerdo
Que, hoy es solamente una dulce amargura.
Conforme pasa el tiempo sé que te pierdo,
sin que haya consuelo para mi locura.

La llama que marcó el sendero de mi vida
ya no tiene el fulgor que tuvo en mi ayer.
Ahora vuelve a sangrar la vieja herida,
yo que, pensé que nunca más volvería a doler.

Llevo la sal de mi llanto en mi equipaje,
curtida por el tiempo está mi pena.
Solo afloran las tristezas de mi bagaje,
aunque mis cuitas, al mundo le son ajenas.

No existe una ruta fija en mi derrotero,
mientras camino, deambulando mi destino.
No hay susurros, murmullos ni un te quiero
que meza la melancolía, en las noches de mi sino.

Languidece, lentamente en mi recuerdo,
el aroma y el dulce perfume de tu cuerpo.
Enajenado soy, pareciendo que estoy cuerdo,
porqué en mi ancianidad ya no te tengo.

Rincón, Puerto Rico
29 de agosto de 1988

Siempre te amaré

Contemplé, tímidamente, la esencia de tu ser
 mientras desfilabas con firmeza, frente a mí.
Quise llamarte, pero me logré contener
y me resigne a seguir mi existencia sin ti.

Mi alma clama que te perdone; te perdono.
Seguiré solo deambulando por mi destino,
tu figura ya no es, se escapó de mi entorno
y yo de mendigo, viviendo mi desatino.

No sé cómo fue que aprendí a quererte
y olvidarte, tampoco sé si lo conseguiré.
Sé que en el firmamento puso un detente
y yo sus pautas tranquilo, las seguiré.

La serena y tranquila intimidad de tus noches
perderán el sosiego que les brinda Morfeo,
viviendo la quietud que brindan los bosques
por qué, aunque no lo sientas, sabes que te veo.

Para contemplarte sólo necesito soñar contigo.
No sabrás cómo, pero sentirás mi abrigo.
Mi clamor te llegará en la voz de un mendigo.
En la fuente, esperé que vengas a estar conmigo.

Poinciana, Florida
29 de septiembre de 2013

Silencio

Porqué el eco mudo de las palabras,
toca las fibras de un amante corazón,
se siente como ese mensaje tú lo labras,
con la elocuencia que manda la razón.

Aunque parezca no tener sentido,
me detengo al margen de la ribera,
sin saber porque no has convenido
calentar mi osamenta, junto a tu hoguera.

Inerte el corazón vivió desde entonces,
sin conocer que al final del horizonte
todo mi dolor lo derrites como el bronce,
cuando asciende mí pasado hacia tu norte.

El sentimiento que hoy es diáfano y novel,
antes jamás sentí lo que has venido a traer.
Por eso aseguro que, amándote seré honesto y fiel;
porqué contigo he conocido el verdadero querer.

Acallar mis sentimientos es un imposible.
No puedo silenciar el valor de esta canción,
porqué, aunque aparezca tranquilo y apacible,
¿cómo negar a todos, la existencia de esta oración?

Te amo, dueña de mis ensueños y mis desvelos.
Pregonarlo al mundo es motivo de mi realidad
y ver coronados con tu presencia, todos mis anhelos
cuando alcancemos la cúspide de la felicidad.

Poinciana, Florida
17 de junio de 2011

Serenata

Me llegue hasta el riachuelo
que, cantaba en serenata,
con una voz perla escarlata,
los secretos de mi abuelo.

A la sombra de un higüero
me detuve a contemplar,
un ruiseñor, que, al trinar,
era parte con un jilguero.

Allí, a esa hora temprana,
arrullando iba una dama
la esclavitud de su calma,
sin fanfarria ni campana.

Al escuchar la melodía
que, llenaba la campiña,
descubrí la senda de una niña,
con los albores del día.

Sin precisar cómo sería,
mi corazón fue flechado
y se quedó encadenado,
mientras cupido se reía.

Por qué ese ángel travieso
de mi suerte se burló,
sabiendo que me embrujó,
para quedar, de ti preso.

Gracias yo, le doy por ello
y mi corazón no entiende
que mi amor sólo pretende
entregársete con un beso.

Ahora mi vagar detengo,
pues llegué a tú morada.
Aquí, mí penar se acaba
porqué junto a mi te tengo.

Kissimmee, Florida
13 de noviembre de 1998

Volverás

Volverás a reinar en mis sueños despiertos,
cuando al pensarte, le de vida a tu existencia.
Y serás la dueña de todos mis pensamientos,
cuando la incidía no viva más en mi conciencia.

Te vi florecer en tu capullo de bonita niña
y al perderte en el insomnio de mis recuerdos,
se congela el rocío en la soleada campiña,
como un loco ajuste, a tus tristes acuerdos.

Deslizaré mi osamenta hasta el final del pozo,
absorbiendo de tu aroma en cada piedra,
mientras en mi corazón se desvive de gozo
al sentirte adherida a mí, como la hiedra.

Serás nuevamente tú, que un día que fuiste,
la púrpura de aquella rosa incandescente
y entenderás que la realidad ya no es triste,
porque en mi silencio, has florecido de repente.

Entierras tus raíces, profundas, en mi alma
y siente mi corazón que lo abrazas firmemente.
Con el fluir del cristal de mis ojos, llega la calma
y florece el amor, que vivió en la soledad, inerte.

Poinciana, Florida
17 de mayo de 2014

El vuelo de las alondras

Sueño irrealizable, que enmaraña mis sentidos
nace de contemplar los paisajes que escondes;
acentuado, cuándo mi musa desgarra tus vestidos
y a mis caricias distantes, con sigilo, tú respondes.

Quiero ser para ti, algún día, motivo de tú sentir,
que me sientas suspirando y jadeante a tu costado
culminando mi existencia en ti, antes de morir,
mientras manen las alturas y su miel me va llenando.

Oh, fuente de mis anhelos, saciaré en ti, esta sequía.
Yacer junto a las acacias, pulular entre sus sombras
y sentir brotar el torrente que suple el alma mía.
Contemplar sereno, el vuelo de las ágiles alondras.

La brisa silente, agita el ramaje de las palmeras;
las olas, vienen y se van, sazonando las arenas.
Mientras, yo, en la distancia tejiendo quimeras;
así vivir los ensueños que cargan las lunas llenas.

Dolor, dolor, causa saber mis manos desiertas;
escapa entre mis dedos la esperanza de tocarte.
Aquí, todos mis sentidos, tú los desconciertas,
mueren lentos mis desvelos, sin poder amarte.

Poinciana, Florida
29 de marzo de 2017

Triste ilusión

Cavilando sobre la amargura de tu ausencia,
surge una amalgama de tristes emociones,
queriendo dar al traste con todas mis ilusiones
y busco en el cielo el bálsamo para esta demencia.

Quiere volar mi imaginación hasta tu encuentro;
allí dónde los pensamientos son una realidad
y reconocer de un "te amo", toda su claridad,
como brilla el sentir que, late en mi adentro.

Se funde tu ausencia en la profundidad del tiempo;
y con esa misma intensidad crece mi sentimiento.
No hay medida que pueda contener el firmamento,
como no existe fuerza capaz de apagar el viento.

Quisiste negarme el placer de este sufrimiento,
implorándome que, apagara mi vista de tu figura.
Pero, no me enamoré ajustándome a la cordura,
y sí, al mandato que nace desde muy adentro.

¿Cómo querer detener la tristeza que me invade?,
sí esa es la fuerza que hoy me impulsa por la vida.
Antes caí, y no me amilana volver a jugar esta partida,
pues la historia se escribe para el valiente y el cobarde.

Sé que no estás; tu figura se escapó de mi estancia
y es, ante la dificultad que se templan las emociones.
Por eso continuaré cantando mis rimas y canciones
hasta que vuelva a ser mía tu flor y su fragancia.

¡Oh mujer de bendición!, sueño puro y anhelado,
has despertado la musa que yacía en un letargo.
Dispuesto estoy para ingerir el trago amargo,
porqué eres en mí, aunque no estés a mi lado.

Poinciana, Florida
5 de junio de 2008

Acompáñame

¿Cómo llegar a conocer la interioridad de tú alma?
si no soy parte integrante de ese viaje sublime,
no podré entender tú corazón, para que me reanime
y al unísono oír trinar al sinsonte al tope de una palma.

Yo, alcanzar quisiera la profundidad de tú existencia,
como peregrino que explora los contornos de la vida.
Sintiendo que desde allí se hereda una nueva partida,
que dará soporte y solidez a nuestra consciencia.

Llegar a escudriñar, en la intimidad, los catalíticos,
que mueven el sentir que nace en tu corazón
y así libar de ti, la esencia vital, sin ningún temor.

Sin asumir conciencia de aspectos o campos analíticos,
labrar para mi intelecto, de tú existencia, la razón.
Agradeciendo al Cielo tú presencia, con este clamor.

Poinciana, Florida
18 de septiembre de 2013

Tu eres la repuesta

La pedí al Señor los destellos de un lucero,
y envió la estrella más brillante del firmamento
para que iluminara, con su claridad, mi sendero
y desde hoy mi corazón se reinventa de contento.

Si pudieras definir la verdad de este sentimiento
con la misma intensidad con que yo lo ofrezco,
sería una feliz realidad nuestro presentimiento,
muriendo para siempre el tormento que padezco.

Solo Dios conoce el curso de nuestros anhelos.
A Él, rindo aquí, y ahora, mi deseo y mi voluntad,
sabiendo que en ti morirán todos mis desvelos
con la simple medida de toda la inmensidad.

Si tu corazón vibra con la misma intensidad,
florecerán los capullos en nuestros senderos
como el preámbulo a la futura felicidad,
rindiendo ante ti, el valor de todos mis aperos.

Poinciana, Florida
25 de febrero de 2011

Volverás

Volverás a reinar en mis sueños despiertos,
cuando al pensarte, le de vida a tu existencia.
Y serás la dueña de todos mis pensamientos,
cuando la incidía no viva más en mi conciencia.

Te vi florecer en tu capullo de bonita niña
y al perderte en el insomnio de mis recuerdos,
se congela el rocío en la soleada campiña,
como un loco ajuste, a tus tristes acuerdos.

Deslizaré mi osamenta hasta el final del pozo,
absorbiendo de tu aroma en cada piedra,
mientras en mi corazón se desvive de gozo
al sentirte adherida a mí, como la hiedra.

Serás nuevamente tú, que un día que fuiste,
la púrpura de aquella rosa incandescente
y entenderás que la realidad ya no es triste,
porque en mi silencio, has florecido de repente.

Entierras tus raíces, profundas, en mi alma
y siente mi corazón que lo abrazas firmemente.
Con el fluir del cristal de mis ojos, llega la calma
y florece el amor, que vivió en la soledad, inerte.

Poinciana, Florida
17 de mayo de 2014

El vuelo de las alondras

Sueño irrealizable, que enmaraña mis sentidos
nace de contemplar los paisajes que escondes;
acentuado, cuándo mi musa desgarra tus vestidos
y a mis caricias distantes, con sigilo, tú respondes.

Quiero ser para ti, algún día, motivo de tú sentir,
que me sientas suspirando y jadeante a tu costado
culminando mi existencia en ti, antes de morir,
mientras manen las alturas y su miel me va llenando.

Oh, fuente de mis anhelos, saciaré en ti, esta sequía.
Yacer junto a las acacias, pulular entre sus sombras
y sentir brotar el torrente que suple el alma mía.
Contemplar sereno, el vuelo de las ágiles alondras.

La brisa silente, agita el ramaje de las palmeras;
las olas, vienen y se van, sazonando las arenas.
Mientras, yo, en la distancia tejiendo quimeras;
así vivir los ensueños que cargan las lunas llenas.

Dolor, dolor, causa saber mis manos desiertas;
escapa entre mis dedos la esperanza de tocarte.
Aquí, todos mis sentidos, tú los desconciertas,
mueren lentos mis desvelos, sin poder amarte.

Poinciana, Florida
29 de marzo de 2017

Visión mañanera

Llega el silencio con la tarde
cómo sombra, que, en asecho,
destruyendo el día que arde,
para entregarnos al lecho.

Con esa acción vil y traicionera,
se destruyen todos los sentidos.
Es como sí la vida se fuera
por la ausencia de sonidos.

En esa penumbra nos repasa
la vida de un punto a otro
y nos preguntamos si esa brasa
está ardiendo por nosotros.

Si escapamos de sus garras,
veremos la gracia del Creador,
que a sus siervos Él los ampara
con gran misericordia y amor.

Si tenemos visión de soñadores,
se conquistarán las montañas,
sin importar pesares y dolores
ni el color grisáceo de las mañanas.

Hay que salvar todos los valores
que desde antaño nos forjaron,
con sus buenas hazañas, los mayores,
cuando estas sendas anduvieron.

Esta visión mañanera, hoy se adelanta
con el halito sutil de la esperanza
que, ante la adversidad, se agiganta
con el fruto que emana en alabanza.

Kissimmee, Florida
2 de abril de 1988

Tú, ¿quién sabe qué harás?

He retornado hasta el parque
dónde te besé por primera vez,
allí donde me diste "te quiero".
Por tu ausencia, de pena muero.

Todavía está nuestro árbol allí,
bajo cuya sombra, mis quimeras mecí.
Hoy, sus ramas están secas;
mis esperanzas, están muertas.

Tú amor de entonces, fue para mí
sereno y puro como un sonoro sí.
Te busco ávidamente en mis desvelos
y lenta, te has ido de mis anhelos.

La alegre y fresca ribera del río,
que en su silencio un día nos miró,
hoy se encuentra mustia y entristecida.
Su alma igual que la mía, está herida.

Siempre tuvo brillantes flores para ti;
rosas y claveles, color carmesí.
 Aquel día el sol nos alumbró
y hoy nuevamente su luz brilló.

Volvió a mi mente el vago recuerdo,
que en mi conciencia no ha muerto;
vivirás en mis desvelos para siempre
por qué es mi corazón quién así siente.

Los días convirtiéndose en largos años;
unos serenos y alegres, otros huraños
desde que en el horizonte dibujarse, vi
tú silueta marchándose lejos de mí.

Abro el amarillento libro de mi vida.
Así se lastima una cicatrizada herida,
que en mi pecho abriste al marchar.
Pasa el tiempo, y no deja de sangrar.

En mi soledad, aún en ti pensando
y pareciera que continúo disfrutando
la incandescente belleza de tu faz.
Tú, hoy, ¿quién sabe qué harás?

Camp Enari, Viet-Nam
22 de julio de 1968

Vuelvo a vivir

¿Cómo no pronunciar este sentimiento?,
si la brisa canta esta realidad en silencio
y porqueé todo es un florecer al viento,
para murmurarte mi amor, me las agencio.

No es posible callar el corazón, cuándo canta.
Es la mejor función que ejerce en el amor,
por lo que, cuando la mañana se levanta,
tú presencia es el bálsamo para mi dolor.

Sí, caminaré asido a la esperanza que me das
y sanaran mis angustias al morir las tuyas.
No volveré a beber de mis lágrimas, jamás
mientras ocupé mi tiempo que me rehúyas.

Rindo mi voluntad ante la Presencia Suprema,
porqué de Él fluye el amor, y Su amor llena,
que no hay razón para que en mi dolor tema
cuando te ha dotado de esa gracia plena.

Sumido en la tranquilidad de mi buhardilla,
espero sereno, el florecer de la otra orilla
y doblando con esperanza y fe, mi rodilla;
la aurora que, con tu llegada, fulgente brilla.

Poinciana, Florida
2 de abril de 2011

Ya te conocía

Triste, la mirada languidece
en mis recuerdos de ayer
y un nuevo amor en mi florece
porqué tú has llegado a mí ser.

Sin verte, mi corazón presentía,
que ya era en mí, tu existencia.
En mis noches resplandecía
con el fulgor de nueva vivencia.

¡Qué elegante eres mujer!,
ama y dueña de esta inspiración.
Cuando me aprendas a querer
tuyo será mi amante corazón.

Contemplaba tu ágil figura
que con su silueta encantada
descendió desde la altura
y se recostó en mi almohada.

En muchas veces te soñé
dormitando en mí regazo,
simplemente de ti me enamoré
aun sabiéndote algo sagrado.

Ves como ya te conocía
sin haberte visto antes,
mi corazón fuerte por ti latía
y hoy ha aprendido a amarte.

Rincón, Puerto Rico
14 de julio de 1971

Todo fue un sueño

Me dijiste en la solitud de una brillante noche,
recostada en mi pecho y guardada por un palmar,
que tú amor por mí habría de ser sin ningún reproche;
que ni con el correr del tiempo me habrías de olvidar.

Justo al pie de la palmera sigo esperando tu regreso,
porque presiento en mi alma que habrás de regresar
coronados y curtidos tus años por el dulce embeleso;
radiante y bella, como el día en que te vi marchar.

Fuiste, y eres la indómita luz de mi ventura,
faro radiante y loco en medio de mi existencia.
Aun continúas siendo la estrella que más augura
destellos de luz en la tempestad de mi conciencia.

De aquellos días pasados sólo queda el recuerdo,
arrastrando mis anales, llenos de polvo y amarillentos.
Simbolizando el epitafio de nuestro amoroso acuerdo,
aun cuando yo trascienda, ellos no estarán muertos.

Libé en la fuente del placer, la efervescencia de su gozo;
tú postrada junto a mí, mientras morabas en mi lecho.
Escudriñé lentamente cada punto agudo, en reposo,
y como atento vigía, aun espero tu llegada en acecho.

Ya en el ocaso de mi vida se mueren los ensueños,
aquí voy repasando tu presencia en todos mis anhelos
porqué juntos vivimos la realidad de esos sueños
que dieron motivo y fuerza a todos mis desvelos.

Kuala Lampur, Malasia
28 de septiembre de 1968

Tu anhelo

La inocencia de tu vida
afloró en nuestro encuentro
y allí, cual niña tímida,
vivimos el placer del momento.

Fue tan bella la experiencia
de tenerte entre mis brazos,
que con sutileza y paciencia
te arrullé en mi regazo.

Así, al ver florecer tu vida
y disfrutar de tus encantos,
fue posible mitigar la herida
que te apesumbrara tanto.

Ser el primero en tu corazón,
ese es mi constante y loco afán,
subsanando con esta oración
de los amores que ya no están.

Tarde has llegado hasta mí,
dispuesta a vivir mi ocaso.
Yo, por siempre seré de ti,
el dulce amor que has anhelado.

Ahora, ya jamás podrás alejarte,
aunque lo intentes, de mi vida.
Toda la eternidad habré de amarte,
hasta que llegue para mí la partida.

Mayagüez, Puerto Rico
19 de diciembre de 1988

Tu eres la repuesta

La pedí al Señor los destellos de un lucero,
y envió la estrella más brillante del firmamento
para que iluminara, con su claridad, mi sendero
y desde hoy mi corazón se reinventa de contento.

Si pudieras definir la verdad de este sentimiento
con la misma intensidad con que yo lo ofrezco,
sería una feliz realidad nuestro presentimiento,
muriendo para siempre el tormento que padezco.

Solo Dios conoce el curso de nuestros anhelos.
A Él, rindo aquí, y ahora, mi deseo y mi voluntad,
sabiendo que en ti morirán todos mis desvelos
con la simple medida de toda la inmensidad.

Si tu corazón vibra con la misma intensidad,
florecerán los capullos en nuestros senderos
como el preámbulo a la futura felicidad,
rindiendo ante ti, el valor de todos mis aperos.

Poinciana, Florida
25 de febrero de 2011

¿Realmente tú te irás?

El eco que me repite que, tú habrás de marchar.
Dijiste que te irías para nunca, jamás regresar.
mi suerte impía y mi dolor, un constante pasar,
se niega a creer, porqué en mi recuerdo has de estar.

¿Qué sucederá con este sentimiento? ¿Lo dirás tú?
Hoy no es decir que te quiero; es una realidad.
Tú partida se acerca y se aleja un rayo de luz
para privarme de tu amor y minar nuestra felicidad.

El recuerdo de tiempos idos será mío toda la eternidad.
Aunque quede mi pecho vacío, en el siempre estarás.
En mis noches de tinieblas y de amarga soledad,
bastará con evocar tu memoria, y a mi lado volverás.

Siendo de estos versos, el silencio, mudo testigo,
que, en la intimidad de mi buhardilla, por ti escribo,
presiento que algún día, no muy lejano, estaré contigo
y sabrás entonces, que en realidad nunca te has ido.

¡Por qué irte!, nunca, jamás lograrás de un todo
y la distancia no existirá con tu gris ausencia.
Vivirás conmigo más allá de la muerte y en el recodo
secreto de nuestros encuentros, tendrá el río tu presencia.

Y entonces, realmente, ¿tú te irás?

Joyuda, Puerto Rico
10 de mayo de 1981

Tarde gris

Tarde gris, crepúsculos encendidos;
penumbras dónde mueren mis sentidos.

Ser en tus sueños como tú eres en los míos;
contando las siluetas en siderales caminos.

Y se yergue el Macizo en la distancia;
allí dónde percha el cóndor y su arrogancia.

Ver apagarse el astro desde el dintel de tu ventana,
mientras, en susurros dices, así será mañana.

Libélula, que desde ayer en la lejanía te acunas;
pide que vaya hasta ti para mecernos en la luna.

Entonces, el gris perderá inmensidad y penumbra
porqué la luz tu amanecer, al mío encumbra.

Poinciana, Florida
20 de junio de 2017

Suerte torcida

Corre el tiempo y la luz de mis ojos
no llega hasta el aposento de mi alma,
quiero serenarme y no perder la calma
y empiezan a aparecer los despojos.

Preguntarme por qué, sería inútil hazaña,
te has desvanecido del aura de mis días.
Y hoy tus recuerdos son sólo melancolías
que llenan de bruma los entornos de mi cabaña.

Por tu ausencia, hoy mi corazón se ensaña
en querer vivir un imposible que no es
la realidad que soñaba con que tú le des
y siento que otra vez, la suerte me engaña.

¿Será negativa mi alegría esta mañana?
¿Volverá a florecer el jardín en primavera?
Hay si la luz de mis ojos aquí estuviera
se oiría un alegre repicar de campana.

Y al desfilar por el atrio principal,
verla venir llenas de ensueños y quimeras,
caería de bruces cuando me dijeras
que serás la dueña de todo mi caudal.

Ay doncella mía, razón de mis desvelos,
canta mi corazón con inmensa alegría
y al rendirme ante ti, con gusto daría
todos los astros que pululan los cielos.

Poinciana, Florida
28 de mayo de 2008

Sueños

Con la vista fija en la distancia,
mirándolo todo y sin poder ver nada,
busco en el espacio la figura soñada
y despeja mi mente la vacía estancia.

A la realidad me aterra despertar,
sabiendo que ciertamente tú no estás.
Aunque a mis sueños, vida le das,
es todo en vano; inútil es mi soñar.

Por mi envidia, le falto al Cielo …;
pecado que no puedo al mundo ocultar.
Idea que de mi mente no puedo exilar
y paso mis días sin tener consuelo.

Premiado con mi triste soledad,
no me atrevo tu existencia a pregonar.
Estos versos en el tiempo se van ahogar
pretendiendo así, negar esta verdad.

Mis sueños son prueba de esta vivencia,
la mueca de tus huellas, mi alma penetra
con la ingenuidad de quien nunca fuera;
nadie notara en mi, la marca de tu esencia.

Vive tranquila, encerrada en tu destino,
que nadie sabrá el secreto de mis sueños
porqué a nadie divulgo mis ensueños.
Sin ti, y contigo en mi alma, viviré mi sino.

Kissimmee, Florida
26 de abril de 1995

Sueños fantasmales 2

Mis sueños ahora son de ensueños
desde que te conocí en mi mente.
No existe quién sea tú suplente;
 por ti, mis ojos están risueños.

Mi cama tiene impregnada tu aroma,
la presencia de tu silueta se asoma
por el dintel que da paso a mi alcoba
y te acurrucas conmigo bajo la lona.

La sabia de vida, de tus emisiones emana
encienden en mí, deseos y pasiones
y estás fortalecen todas mis ilusiones
desde el crepúsculo hasta la mañana.

Nunca serás ida, aunque quede desierto
el claro de la ventana, mientras tu imagen,
sigilosamente, escapa. Las flores tejen
la tranquilidad que al presente advierto.

Poinciana, Florida
28 de noviembre de 2017

Soneto al río

Me allegué hasta el caudaloso río
con la intención de mitigar la sed
y encontré un panorama sombrío;
las aguas no corren más por él.

Desde antaño aquél cauce imponente,
la meca para los necesitados de beber,
y que fue la salvación para tanta gente.
hoy no vemos sus serenas aguas correr.

De aquellas, sus riberas florecidas,
solamente nos quedan las horas ya idas.
Mudos testigos de romances del ayer.

Seres paralelos, mi corazón y el río.
saben que su interior está vacío.
El árido terreno no volverá a florecer.

Kissimmee, Florida
24 de julio de 1995

Soneto a tu duda

Hay en tú corazón el alcívar de la duda,
que cual cicuta, va cercenando nuestras almas,
y este sentimiento que ha brotado de la bruma
quieres verlo morir para que, en mí, no haya calma.

Segura quieres estar del verbo de mi palabra,
pero tu vida se amarga solamente al pensar
que en tu cimiente la incertidumbre pueda pasar
y cosechar el fruto encerrado en tus entrañas.

Calmar desea mi alma el dolor en tu corazón,
hacer germinar en tu pecho una eterna pasión,
y con mi amor calmar tu triste amargura.

Ya en las noches estrelladas, de mi cielo,
ser para ti bálsamo sanador y tu consuelo.
Sabiendo que por siempre habrá muerto tu duda.

Rincón, Puerto Rico
4 de diciembre de 1988

Serenidad

Camina sobre la quietud del silencio
la presencia del Ser que, nos fortalece
y nos tiñe en el color que reverdece.
En la serenidad de Tú tiempo me agencio.

Llegas, tranquilo en la brisa mañanera,
calando hondo en la quietud del corazón
para darle fuerza al deber y a la razón.
Allí se hilvana una nueva vida; una quimera.

En el ayer se pierde la concupiscencia,
las tribulaciones son yertas en el olvido;
y siento que mi corazón lo has revivido.
Tenue mano que hoy renueva mi existencia.

Señor, fuente de bondad y misericordia,
lago dónde sobreabundan tus mieses,
aquí, sumido en Tú calma, elevo mis preces
y mi espíritu en Ti, se crece con euforia.

Campo San José, Lake Placid, FL
4 de marzo de 2017

Sabiendo que te pierdo

De aquél amor, quedó sólo en recuerdo
Que, hoy es solamente una dulce amargura.
Conforme pasa el tiempo sé que te pierdo,
sin que haya consuelo para mi locura.

La llama que marcó el sendero de mi vida
ya no tiene el fulgor que tuvo en mi ayer.
Ahora vuelve a sangrar la vieja herida,
yo que, pensé que nunca más volvería a doler.

Llevo la sal de mi llanto en mi equipaje,
curtida por el tiempo está mi pena.
Solo afloran las tristezas de mi bagaje,
aunque mis cuitas, al mundo le son ajenas.

No existe una ruta fija en mi derrotero,
mientras camino, deambulando mi destino.
No hay susurros, murmullos ni un te quiero
que meza la melancolía, en las noches de mi sino.

Languidece, lentamente en mi recuerdo,
el aroma y el dulce perfume de tu cuerpo.
Enajenado soy, pareciendo que estoy cuerdo,
porqué en mi ancianidad ya no te tengo.

Rincón, Puerto Rico
29 de agosto de 1988

Desvanecida

Siento que se me escapa la vida,
conforme tú imagen se desvanece
y el amargo sabor de tú partida,
dentro de mi pecho se acontece.

Porqué tú presencia en mi ayer,
hoy es un fantasma en mi pasado.
Aunque quisiera llegar a saber,
no sé el por qué te has marchado.

Aún pienso en aquellos tiempos,
cuando escudriñé tu escultura,
sin pensar en los contratiempos
de subir y bajar tus alturas.

Quedan las huellas de mis besos
por testimonio en tu suave piel,
y allí se mueren mis embelesos,
tomando la cicuta de tu hiel.

Si a comprender no se alcanza
la realidad de estas quimeras,
quisiera saber dónde descansa
la verdad, para que tú fueras.

Ya no tendré más la dulce miel
que manaron tus pechos para mí
y aunque sé muy bien que eras fiel,
no volveré a estar dentro de ti.

En tinieblas quedan los caminos
que forjaron nuestros senderos.
Por ellos vendrán otros peregrinos
para intercambiar sus maderos.

Con mi norte hacia el oriente,
volveré a emprender la marcha.
Sé que hallaré una nueva cimiente,
dónde la realidad no se una mancha.

Kissimmee, Florida
22 de mayo de 1998

Sendero vacío

Hay un sendero vacío,
por el que, nadie transita
y tu imagen no se agita
más, en el cristalino río.

Llueve, triste el desvarío
de un amor que ya murió;
así el destino lo sentenció,
y el cauce quedó sombrío.

Por eso cuando te miro
y el recuerdo languidece,
ya mi llanto no humedece
mi tristeza ni mi suspiro.

Mi suerte no la maldigo,
por el contrario, agradezco
ese acto vil y dantesco
que se dio para conmigo.

Sí por quererte he sufrido,
así lo ha mandó el destino.
Continuaré por mi camino,
alegre, aunque compungido.

Ahora que ya no estás,
mi corazón menos sufre
y nuevo aliento da lustre,
a un sentimiento verás.

El mañana, nos llegará
cargando nuevo bagaje
y sepultando el ultraje,
con luz propia, brillará.

Kissimmee, Florida
6 de febrero de 2002

Resurgir

He visto morirse la ilusión, que daba vida
a la esperanza de mí amada, sostenida
en el péndulo de una oración constructiva,
al quedar todo como crepúsculo a la deriva.

Si el eco asonante de mi voz hasta ti llevara
su clamor, y tu figura a mi dintel llegara,
tu presente, jamás en mi habría de sucumbir
y la miel de este sentimiento no dejara de existir.

Por eso desde esta agreste e indómita peña,
dejo el estandarte de la luz, que hoy me enseña
el gozo indeleble de haber engendrado tus besos.

Ante esa realidad, ya no se morirán tus embelesos
y yo acuñaré el buen sabor a tus labios de fresa.
En los míos, la esencia de tu vida quedará presa.

Oviedo, Florida
2 de septiembre de 2013

Pasiones silenciosas

Diálogos eternos en el silencio hacen correr aluviónes de pasiones.
Con solo mirar la profundidad de tus ojos surgen las emociones,
y no hay cauce que pueda contener el torrente de mis ilusiones
ni en la ausencia llegarás a ser un detente a mis aspiraciones.

Que florezca de nuestro verbo el deseo de abrazarte y de tenerte,
afrodisiaco que, en el pentagrama bulle y se hace allí, más latente.
Tú, que motivas las reacciones, sentada en el brocal de la fuente
haces que el fluido vital recorra mis venas más rápido y caliente.

 Llegar a sentir como se acarician nuestros sentimientos en el aire,
imágenes etéreas, gimientes en su ir y venir, sin marcar un desaire;
hoy, se ven levantando sus atalayas en los puntos cardinales.

Dónde perchan los turpiales y dejan oír sus cantatas ancestrales,
yo, filibustero loco, ansío tener las caricias que en tus labios nacen
y que, con su coloquio, nuestros corazones se entrelacen.

Poinciana, Florida
6 de mayo de 2017

Puro amor

Por amor, me arrastré hasta la cima
para alcanzar la estrella más lejana,
cuyo resplandor la hacía más lozana.
y cegado, caí a lo profundo de la sima.

Mientras allí, en mi imaginación te veía
aun siendo tú, más bella que ninguna.
En la lejanía de mi firmamento eras una,
la única que en mi universo existía.

Para venerarte, nací a este mundo
y mi amor por siempre habré de darte,
siendo tú en mi vida punto y aparte;
sin ti, mi dolor será más profundo.

Y habré de levantarme de mis rodillas
para ir hasta ti, una y mil veces más.
Al final de mi derrotero tú estarás,
y plasmarás tu bendición en mis mejillas.

Si la realización de este, mi anhelo,
en tus alturas llegara yo a conseguir,
al universo entero pregonaré mi sentir
y allí, mis cuitas tendrán su consuelo.

Prometo honrar tu devoción a mi amor,
te amaré más allá del final de mis días.
Tu habrás de ser feliz, esa promesa en mía,
entregándote mi corazón sin penas o dolor.

Puro será este amor, sentimiento sin maldad,
llegando hasta ti sin reproches, sin ambages.
Salvaré por ti, todas las dificultades,
sin muestra alguna o deseo de perversidad.

Kissimmee, Florida
11 de septiembre de 1995

Pordiosero

Como pobre y mísero pordiosero en el amor,
tus caricias me encuentro mendigando hoy.
Las que, por ser ajenas, no calmaran mi dolor.
y esa angustia la llevo por doquiera que voy.

Eres tú para mí como la inasequible atalaya,
que majestuosa e imponente en la distancia,
presenta para mí una insalvable muralla;
como el detente a mi osadía y arrogancia.

Con gallardía y ante ti, admito mi derrota.
marcho a otros lares replegando mi estandarte.
Ni por un instante pienses que llevo el alma rota,
para bien o para mal, en mi pecho has de quedarte.

Cuando en mis noches de nostalgia y agonía,
si me abruman tus recuerdos y la melancolía,
leeré las amarillas notas, húmedas por mi alegría.
Allí estarán estas, como tributo a mi último día.

La huella del amor no la borra la corriente del rio
ni extingue la memoria de unos bellos momentos.
Grabaré lo dulce de aquellos instantes, en mi desvarió
dándole vida en la intimidad de nuestros aposentos.

Si se extinguiera la llama de este sentimiento
y desapareciera tu silueta de mi universo,
crearé entonces para ti, un nuevo firmamento,
en el que tú seas el sol que ilumine mi sendero.

Por qué irte de mí, jamás habrás de un todo,
mientras exista en nosotros el inconcluso placer
de no haber vivido la eternidad en cada modo,
oyendo el susurro melodioso de nuestro querer.

Kissimmee, Florida
11 de marzo de 1995

¿Por qué siento como siento?

Mecen mis quimeras la ilusión
de un amanecer grato y florido,
pensando que a mi vida has venido
a darle fuerza a esté mustio corazón.

Añoranza, que inerte ha mantenido
la hoguera de una llama entristecida,
por la amargura de la soledad vivida
y el recuerdo de un pasado ya ido.

Razonar quisiera a esta nueva realidad,
porqué en mi estás, aunque no has venido.
Pero el tiempo, que todo lo ha vencido,
hoy se agiganta, ante toda adversidad.

Loco afán fluye en el jardín de lo inaudito.
¿Cómo podré volver a creer en el amor?,
si siempre fue tan sutil en mi dolor,
y hoy, me lleva de la nada a lo infinito.

Entonces, ¿por qué siento como siento?;
fuego en mi corazón, musa en mi mente.
Y fluye a caudales este novel torrente,
siendo más fuerte y veraz todo mi aliento.

Anidas en mí hoy, nacida desde mí ayer,
como la proyección de un sentimiento,
haciendo realidad este presentimiento
que enardece y hace vibrar todo mi ser.

No entiendo por qué esto me sucede
en los años de mi dulce ancianidad,
pero reconozco que viene a ser la realidad
de lo que hoy por Su voluntad nos antecede.

Ensancho mi corazón, como el albergue
a tu magnifica y grata presencia;
así habré de embriagarme con la esencia
que, desde tu alma se desprende.

Bushnell, Florida
19 de noviembre de 2005

Nunca fuiste

Mi musa pujante, hoy quiere brillar;
siento en mi inquietante, deseo de amar.

Viajera fugaz, perdida en mi ayer,
acertando en mi recuerdo, vuelves a nacer.

Ya no estás ausente, más bien prisionera;
tú, que nunca fuiste, eres la primera.

Ninfa de mis sueños, avivas mis desvelos;
 aunque jamás te tuve, preñas mis anhelos.

Serás en mis quimeras presente y ausente;
esencia en mi ayer, en mi hoy, fluido latente.

Aun quema mis labios tu beso ardiente;
pasaran los lustros, aun efervescente.

Embriagado de ti, presiento que emerges;
al yacer el día, como mi atalaya te yergues.

Poinciana, Florida
20 de junio de 2017

Nueva vertiente

Caminó lentamente, con tímida seguridad,
hasta la encina que bordea mi buhardilla
y allí, con su sonrisa placida y sencilla
me entrego en cofre cargado de felicidad.

Esa que resulta tan evasiva e inalcanzable,
que se escapó entre los dedos, ya tantas veces,
porqué en los albores de mis atardeceres te creces
como una enredadera real y alcanzable.

Viste tu porte y tu hidalguía, mujer de mi hoy,
toca suavemente con la seda de tus anhelos,
dale vida a los sueños que hilvane en mis desvelos
mientras reflejan tus pupilas el contraste que doy.

El agua corrió bajo el puente de nuestra existencia
y llevó consigo las amarguras de un lúgubre ayer.
Sí, hay dolores y penas que no debieron de ser,
pero se reinventan los sentimientos con tu presencia.

Sendas que fueran paralelas, hoy se entrelazan,
tejidas con sapiencia en el telar de la vida
y porqué es tarea del Sabio preconcebida,
nuestros pensamientos en la distancia se abrazan.

Yergue la frente con la firmeza que el sol se siente
en el nacer diáfano y cristalino de un nuevo día.
Voces angelicales entonaran una novel melodía
y sentirás que el amor florece en una nueva vertiente.

Poinciana, Florida
1 de octubre de 2014

Nubes errantes

Mirando el desfile de las blancas nubes,
 formando acrósticos inverosímiles
a nuestra ciencia, en etéreos facsímiles,
se divierte el corazón viendo como subes.

Presagiando el tiempo que adelanta el crepúsculo,
con su amalgama de grises y blancos grisáceos
    que pintan en mi corazón dulces topacios.
Y mi esencia se aúpa en busca del Divino ósculo.

Tú, diseñas y creas para nosotros los paisajes
que vienen destinados a enriquecer el alma
y por el inútil afán, perdemos serenidad y calma
con el propósito de emprender interminables viajes.

Consciente de esta vanidad pueril y vacía,
me has llevado a ser uno con la tranquila natura.
En el silencio, mi cáliz desierto y ocre, se apura
y viertes en él, la esperanza que inerte yacía.

Se desbordan mis pupilas con el gozo del corazón,
siento que mi cabecera en Tu pecho reposa
mientras acaricias las primaveras seniles en prosa
para darle a mi existencia propósito y razón.

Llegará el día final, cuando Tú lo dispongas
y despierto a la realidad que detendrá mi hecatombe
al realizar la misericordia que encierra Tú nombre
mientras la polilla de mi alma la compongas.

Poinciana, Florida
15 de marzo de 2015

Made in the USA
Columbia, SC
07 April 2024

33849651R00076